Dialogues Sulfureux

Johan Montaigü

PRÉFACE

Cet ouvrage vous relate une passion amoureuse. Les deux protagonistes ont décidé de vous livrer la totalité des messages qu'ils se sont échangés durant deux ans. Le style, les mots choisis ou inventés, l'aspect torride des propos laissent mesurer que cette idylle n'était pas que littéraire.

Ni Elle ni Lui ne se connaissaient avant d'échanger leur premier message. Ils ne s'étaient jamais vus ni parlé. Le hasard a fait qu'elle a répondu à une petite annonce. Le feu de leur rencontre s'est vite transformé en brasier.

Lui :

« Homme recherche amie excentrique pour correspondance ou plus »

« Je m'exerce à raviver des connexions neuronales trop peu souvent utilisées dans notre cerveau, je parle de ces neurones qui relient nos zones érogènes et des parties de notre mémoire où sont enfouis des souvenirs, des émotions, des fantasmes. Je m'estime aussi sans tabou et suis à la recherche d'amies avec qui pouvoir discuter de toutes ces choses, sans forcément mettre une limite à ne pas dépasser. »

Elle :

« *Je pourrai me définir comme une épicurienne dans le sens commun du terme. La vie est décidément très courte et je pense qu'il faut s'amuser (et faire aussi bien d'autres choses) la durée que ce souffle de vie nous traverse.*
Nous pourrons sans doute partager notre curiosité des choses.

Je pense également être sans tabou, chacun ayant le droit de trouver son bonheur comme bon lui semble, dans le respect etc... etc...

je suis à la recherche ... de quoi, au fait ? (je me pose souvent la question sans être capable d'y répondre de façon précise), d'étincelles ? de pétillances ? d'émotions ?
Je continue à vous demander des définitions : c'est quoi des fantasmes hors normes ? »

   - pour tenter combattre le temps et vivre certaines choses avant qu'il ne soit trop tard
   - pour ne pas mourir idiote
   - pour faire vibrer mon corps
   - pour satisfaire mon fantasme des situations un peu sulfureuses
   - parce que j'aime penser que la vie est un roman et que je cherche des situations "romanesques" qui vont au-delà du quotidien, sans doute...
   - ...

Lui, - Du soleil partout!

Très excitante,

Votre photo m'émoustille. Vos bas noirs, tendus sur vos jambes qui s'enfoncent dans la pénombre de votre pull, laissant le doute planer sur le port d'une petit culotte ou d'un string improbable, doute que votre entre jambes ne permet pas de lever. Oui, ma chère, votre tenue m'émoustille.

Votre pose aussi, toute empreinte d'un semblant d'effronterie, me laisserait penser que vous aimez vous complaire dans l'ambiguïté de votre rôle.

Vous me parlez de froufrou, de dentelle et porte-jarretelles. Je peux aimer cela. Beaucoup dépend du comment ces accessoires sont portés. Jusqu'à présent vous ne m'avez que laissé conclure que vous les portez à merveille. À-moi de vous les "déporter", mais comme je l'ai déjà dit, la patience fait partie de ma pénitence, qui n'a de pénitence que l'apparence. C'est en moi un calcul savamment raisonné dont le bilan m'apparaît toujours positif.

La chose vraiment importante, c'est comment on joue avec tout cela et comment on se comporte. Vaut-il mieux ne pas être attiré par une femme nue ou fondre de désir pour une femme en bas noir et jarretelles?

Moi je vous le dis, ma chère, mon choix est vite fait dans ce cas. Je dirais même plus, tout se décidera lorsqu'une main galante viendra se poser sur votre volet, puis, en l'enserrant délicatement, remontera sur votre genou, puis tournera autour de votre cuisse pour remonter le long de celle-ci jusqu'au moment où vous déciderez de mettre fin à cette violation de votre intimité. À ce moment, la messe sera dite, et nous saurons si nous pouvons extraire de ces gestes de no man's land la quintessence des sens qui nous mènent de concert vers des plaisirs aussi bien mentaux que digitaux.

Ah, tu ne peux savoir comme je me comprends en disant cela. Depuis plusieurs mois, je suis en contact avec un couple de Français dont l'homme veut absolument voir sa femme tomber dans les bras d'un autre homme. Elle, prude, s'en défend et s'effondre en larmes, mais le temps aidant, se rapproche de plus en plus de moi, se déshabille, se met en sous-vêtements, se frotte sur mon sexe, mais rien n'y fait, le courant ne passe pas, mon corps ne l'accepte pas. Je ne suis pas attiré.

Or, il y a des femmes qui attirent mes mains comme des aimants. C'est ce qui t'a sauvé l'autre soir; la taille des tables du restaurant. Je te l'ai dit d'ailleurs.

Je n'attends qu'une chose, c'est que nos peaux se rapprochent. Nous verrons alors si nos atomes tournent dans le même sens ou non.

J'ai plein de choses à te montrer, mais je veux te montrer ce que tu aimes, ce que tu veux découvrir, ce qui peut t'exciter. Tu t'annonces sensuelle. Sans doute sauras-tu me faire vibrer. Qui sait? Mon petit doigt? Ton clitoris?

Je suis très content de l'émoi qui grandit en moi à ton égard.

Sans doute un jour pourrons-nous mieux nous voir,

et que de quelques simples gestes, il en ressorte un peu d'espoir.

Qu'un jour tu apparaisses enfin dans mon miroir.

Bises calmes sur ton ventre, et si tu l'acceptes, langue exploratrice dans ta bouche pleine de soleil.

Lui – Trois flocons et puis s'en vont

Très chère, j'aimerais que tu puisses voir mon corps comme le champ de tes expériences. C'est un sentiment coutumier des fantasmes, et récurrent dans les échanges sur Internet, qu'un homme désire faire plein de choses avec une femme, et qu'une fois l'apex de la libido atteinte, qu'il y ait eu rencontre ou non, le soufflé retombe platement et l'homme retourne de son côté à sa chasse au fantasme tandis que la femme est laissée platement sur le bas-côté. Ce n'est certainement pas cela que je cherche, mais je veux te dire que j'espère que tu t'ouvriras à moi, et que nous aurons la force de passer outre nos principes sociaux, gênes et timidité, que pour que nous puissions progresser dans ce domaine. Rien n'est encore dit, je le sais, mais après ce paragraphe assez chaud, je voulais le dire en passant. Je vais te dire que d'expérience je suis timide, me disant toujours que mon interlocutrice va me trouver plat, hors de propos, ne répondant pas à ses attentes, obsédé, ou même ridicule. Les femmes préfèrent les hommes entreprenants, ceux qui savent les prendre par les cheveux et leur dire des mots comme "Salope, je vais te baiser à fond, tu aimes ça, hein!" Ben pas moi. Si tu cherches ça en ton for intérieur, c'est raté. Je crois que la majorité des femmes le désirent. C'est dans nos gênes. C'est la loi de la nature. Mais je dois faire partie de cette nouvelle génération d'hommes assez androgynes qui n'ont plus les caractéristiques du mâle digne de procréer et de faire persister la race.

Tu ne peux compter que sur moi pour que nous allions explorer les berges opposées du fleuve, au-delà des brumes. J'ai trop peur de te déplaire et de perdre une relation naissante.

Sur ce, je te salue. Si tu aimes cela, je mets ton gros doigt de pied en bouche et le suce longuement. Moi, j'aime beaucoup embrasser les oreilles et aussi faire des feuilles de rose. Ah, je sens mes sens s'embraser, mon corps bouillir intérieurement de toute cette prose liminaire, mais ô combien tentatrice.

Il suffit, je vais défaillir. Garde, apporte de l'eau! Vite buvez Messire. Demoiselle, rentrez vite dans vos appartements, et rajustez vos sursauts et autres baleines, que le comte ne vous voit pas dans cet état. Et vous Messire, permettez-moi de ranger ces accessoires épars qui ne pourraient que venir du Diable si je n'étais moi-même, sauf votre pardon, également un adepte de ces pratiques.

Moi, entouré de molécules d'air plus chaudes et tourbillonnantes qu'ailleurs dans la pièce.

Elle - "Apprendre à manger des cailles avec une fourchette et un couteau". Scène de vie

Cher ami,

Pour cette première rencontre, je m'étais parée des plus belles dentelles.

Cette guêpière noire que j'aime tant et qui emprisonne le corps dans la raideur des baleines, en attendant qu'il exulte.

Ce vêtement qui vous permet d'accéder seulement à mes épaules, à mes fesses, ces parties de mon corps qui offrent de la douceur, comme un répit après que vos mains aient effleuré le tulle un peu rêche.

Cette guêpière dont je voudrais me libérer si votre peau devait appeler le contact de la mienne.

Et puis des bas noirs retenus par des rubans. Voilà ce qui constituait mes seuls sous-vêtements : j'aime à sentir les caresses de l'air un peu frais sur mon sexe... et puis peut-être les vôtres.

Et encore, des chaussures aux talons hauts.

Un tailleur sombre et sobre venait recouvrir cette tenue de femme peu vertueuse.

Je pourrai vous décrire plus longuement mes atours, mais j'ai dans l'idée que vous attendez de moi un autre récit.

Laissez-moi pourtant encore vous relater par le menu, la pensée qui me vint soudain à l'esprit lorsque je m'assis, face à vous, dans le siège profond.

Aussi soudainement que les divagations de mon esprit, vous vous êtes mis à mes genoux.

Vous avez posé vos doigts sur ma chaussure et puis vous avez pianoté tout le long de ma jambe, atteint mon genou, prolongé votre itinéraire jusque sous ma jupe pour atteindre ma peau.

Enfin ! votre peau, fusse celle du bout de vos doigts, contre la mienne !

Ce simple frôlement m'a fait perdre la raison. J'ai brusquement saisi votre visage pour plaquer vos lèvres contre mon sexe déjà avide de vous.

En proie au désir le plus vif, je me suis laissé aller à vos caresses tandis que votre salive se mélangeait à l'humidité naissante de mon entrecuisse.

Mes jambes étaient ouvertes pour vous accueillir.

De mon pied déchaussé, je caressais votre membre dur comme le roc.

Je vous ai demandé d'introduire vos doigts en moi, votre présence dans mon ventre devenait nécessité.

L'espace d'une fraction de seconde, j'ai pu me ressaisir cependant : j'ai posé mon autre pied chaussé sur votre poitrine, y enfonçant mon talon, pour vous repousser avec un peu de brusquerie.

Après....

Encore Elle - Des loukoums encore

Très Cher Ami,

En guise de préambule, je souhaite vous remercier de cet agréable moment.

Outre ce repas qui sans être délectable, fut délicieux, ce fut un réel plaisir que de faire autrement votre connaissance et de vous découvrir à la lueur du jour.

Serait-ce un aveu que de vous écrire qu'il m'aurait plu de prolonger cet instant furtif de façon plus intime ?

J'ai aimé que vous posiez votre main sur la mienne.

J'aurais sans doute désiré que vous alliez jusqu'à mon sein.

Mais cette %*§/ table nous séparait. Mais nous n'étions pas seuls.

Je m'étais pourtant bien gardée de trop me vêtir, espérant que le temps arrêterait sa course pour nous permettre, moi, de m'offrir à vos mains, à vos baisers et vos caresses, vous, de vous donner le plaisir de vous exposer nu et bandant à mon regard.

Le temps nous a manqué et, attendant l'office qui va être rendu, sous les superbes vitraux de la gothique Cathédrale Saint Paul (je garde toujours au fond de mon sac, un petit carnet afin d'y tracer quelques mots lorsque l'envie m'en prend), je me plais à imaginer les délices auxquels nous aurions pu nous adonner.

Les plaisirs auxquels vous seriez en train de me soumettre à l'heure où je vous écris dans cette nef trop froide et bien trop peuplée à mon goût (tiens, qu'il serait bon que vous me couchiez sur cet autel).

Je vous aurais permis de m'effeuiller, pour libérer mes seins et vous voir aussitôt les emprisonner de vos mains et de vos lèvres.

Ma jupe dégrafée, vous auriez pu découvrir mon sexe, le regarder, vous y noyer...

J'aurais alors arrêté vos gestes pour à mon tour pouvoir vous découvrir nu et me laisser emmener à la découverte de bien plus que cette infime portion de peau qu'il m'a été donné d'effleurer.

Mais tout ceci n'est que rêverie... je vous en prie, appelez-moi à vous revoir sans tarder...

J'ose espérer que la longueur de vos messages ne sera pas inversement proportionnelle à la durée de nos rencontres... comme cela semble être le cas ce vendredi...

Lui - Du plaisir de petit déjeuner à Malte par une belle journée ensoleillée

Chère Vous, Galante parmi les galantes,

Je ne sais que dire de l'état dans lequel je me suis trouvé lors de notre dernière entrevue.

J'étais là, vous étiez là, et entre nous ce bras de mer, cet océan que mes bras effectivement ne pouvaient franchir, pas manque de longueur, mais aussi par excès de bienséance.

Je palpitais intérieurement à l'idée de plonger dans votre décolleté discret, mais tout aussi tentant, et vous lire à ce sujet me plonge dans un univers de délectation que même vos loukoums ne peuvent égaler. Recevoir de vous vos pensées de cet instant me comble comme vous ne pouvez imaginer. Votre complicité à ce sujet, entre vous, être publique, et votre moi, possédé par votre libido, me charme au plus haut point.

Entendre de votre bouche suave et joueuse des paroles si avenantes et prometteuse répand en mon être une myriade de fourmis galopantes qui fait vibrer mon corps et lui élève la température de quelques degrés si généreux à mon ego.

Que n'êtes-vous nées du temps où les lettres s'écrivaient à la plume d'oie ? Votre parler nous y emmène en tous les cas, par une pente si douce, mais si irréversible que le temps qui nous en sépare me semble se raccourcir de jour en jour.

Vous faites de vos mots des rêves romanesques qui élèvent la réalité au royaume de la félicité.

N'hésitez point à ce propos d'encore me gaver de vos mots si enflammés et de vos suggestions si désarmantes.

Savoir que vos mains de mon dos à mon vit n'en cherchaient que le plus court chemin, que vous-même n'attendiez que de sentir les miennes sur vos seins et mes yeux sur votre secret jardin me ravit au plus haut point, et ce n'est pas peu dire. Je trouve ces aveux aussi troublants que sincères et libertins, et ne vous le redirez jamais assez, ils sont divins.

Que dire en réponse, que vous offrir en échange si ce n'est la partie de mon corps que vous désirerez le plus ardemment, une vue sur celui-ci la plus dégagée qu'il soit à vos secrets désirs, un accès à cette partie la plus libre et exposée qu'il soit possible, tout en espérant secrètement que tout cela se réalise.

Ô Vous, enchanteresse du monde des sensations, comme vous y faites justement....sensation !

Pour vous servir

Elle - "Je devrais rougir des fautes que j'ai commises ; je soupire après celles que je ne puis plus commettre"
Abélard

Monsieur,

Votre lettre m'apaise.
J'ai craint que vous me trouviez trop timorée.
J'ai craint que vos dernières paroles.
Mystérieuses.
"Je ne pourrai te satisfaire".
Ne sonnent le glas de nos velléités de libertinage.
Certes, alors que nous nous connaissons à peine, il est bien plus aisé pour moi de vous écrire que de vous dire.
Ne m'en veuillez point.
Je suis profane en ces exercices.
Ne le serais-je pas, une nouvelle rencontre n'est-elle pas toujours source de réserve et d'effarouchements ?
À mon tour, que vous dire ? Sinon que je ne suis plus qu'impatience.
Que mon esprit se laisse emporter vers des jeux que je voudrais partager avec vous.
Des jeux grâce auxquels ma peau maintenant assoifée de la vôtre, trouverait sa source.
Ma peau... oui, j'aspire y sentir enfin la caresse de vos mains, la douceur de vos lèvres qui viendraient glisser sur mes épaules et mes seins. Mes seins plutôt petits et

qui tiennent dans le creux d'une main d'homme.

J'espère avoir le bonheur, bientôt, de sentir que vous les pressez avec ferveur, que vous les pincez doucement entre vos doigts.

Je me sais de nature à palpiter dans les draps comme le coeur d'un oiseau. Je serai haletante contre vous et vous me ferez ployer en arrière par la force de votre désir.

Vais-je vous paraître si impérieuse ?

Mais quel délai de bienséance devrions-nous encore observer, je vous le demande ?

Tout ce que je ressens d'appel de votre corps requiert mon impatience, je vous l'ai dit.

Ces rencontres imaginaires mènent à l'ivresse..

J'étais ivre, oui. J'avais la tête renversée tandis que vos mains chaudes caressaient mes épaules, enserraient ma taille. Mon corps, alors, frémissait de vie.

Sous vos mains ardentes, le sang fouetté par le désir courait comme le diable jusqu'à mon cerveau et me brouillait l'esprit.

Tout à coup, alors que vous étiez assis et portant la main à votre vêtement, vous avez sorti votre membre en me priant de le caresser avant de me pénétrer.

Vous avez porté vos mains sous ma robe que vous avez troussée.

Je me trouvais ainsi exposée et vos doigts sont allés chercher ce liquide mouillant mon sexe pour en enduire le vôtre.

Vous m'avez saisie aux hanches, amenée vers vous et vous m'avez pénétrée lentement avec une grande douceur.

Vous êtes allé au plus profond et moi, je vous inondais de mon plaisir.

Je vous contemplais, je jouissais de regarder votre visage au moment où vous éjaculiez.

Je vous en conjure, ne mettez aucune réserve à mes divagations.

Laissez-moi dans mes chimères, oublier la tempérance que vous voudriez nous imposer.

Faudra-t-il encore une %µ*§ table entre nous ?

Je ne me suis encore arrêtée sur ce point.

Mais je vous prie, prenez-moi par la main, et décidez du comment.

À vous lire encore,

Lui – Pas de Titre

Ma chère et adorable, ma douce et tendre,

Que te dire...

Sinon que ta prose me plaît beaucoup, que tu restes charmante, et que je te pousse à te laisser aller à t'exprimer ouvertement sur tes envies.

Au plus nous en dirons, au plus nous serons à l'aise au moment d'être à pied d'œuvre. Profitons de cette communication asynchrone pour nous jeter à l'eau. Comme tu le dis, elle permet d'en dire un peu plus. Si en outre elle te permet d'avoir du plaisir, de t'exciter au passage, n'hésite pas, je serai à l'écoute et en retiendrai ce qu'il en faut.

Je le répète, j'adore ta manière de parler de ces choses, ta franchise à cet égard, en tel contraste avec ton apparence.

Je te le dis donc, que dis-je, je t'ôte en ce jour de grâce, toutes les réserves que tu pourrais prévaloir sur tes divagations, passées et à venir, et vous ordonne de quémander ci-présent l'ensemble des chimères en votre possession, ou que vous avez en vues où qu'elles soient pour le moment.

Vous ferez rapport de votre état régulièrement, sans omettre de détails navrants, humiliants ou compromettants, Votre Seigneur étant à l'écoute de vos confessions plus qu'aucun prélat ne pourrait s'en targuer.

Il appréciera, c'est sûr, votre honnêteté, et le jour viendra où, pardi, vous en serez récompensée.

Son destrier sa pitance a reçu, et sa monture fringante à l'envie n'attend qu'un ordre pour s'ébrouer.

Les joutes et tournois du moment nous imposent tous deux un horaire, mais nous ne manquerons pas de comparer ceux-ci, pour que nos lances puissions déposer, et sous une tente d'airain nos cœurs recomposer.

Bon, je le redis, je t'adore. Je dois le dire, car sinon cela reste en moi et tourne sans fin dans ma tête. Le dire me donne l'espoir d'en soulager la pression, mais funeste est ce dernier, car de différence je n'en vois point.

Essayons autre chose :

Je n'ai qu'une envie, te serrer contre moi, te sentir, te parcourir et te découvrir.

C'est étonnant comme une personne peut appeler certaines choses et une autre certains autres.

Loin de me faire peur, tu me donnes l'impression que je pourrai faire plein de choses avec toi sans éprouver de gêne.

Ton corps semble crier famine, ou en tout cas au coup d'État, à la crise créatrice de l'art subjugué par le sexe.

Saurai-je aller jusqu'au bout de ton désir ? J'espère de tout mon cœur pouvoir te donner ces émotions que tu recherches à si grands cris.

Nous passons un bon moment. C'est très gai. Des étapes dans la vie. Des fleurs le long de son chemin. De la couleur, des émotions, des souvenirs impérissables, si tôt, déjà....

Je rentre ma langue (censuré) où tu le (censuré), elle aime cela, se promener aux (censuré) sulfureux et interdits (censuré).

À te lire, Adorable, qui me fait bourdonner les oreilles quand je t'écris.

Elle - Nu sur un plateau

Mon Ami,

Alors que vous êtes si loin et si inaccessible, il ne reste que mes pensées vagabondes pour venir vous rejoindre. Laissez-moi, alors que vous m'avez fait rêver, vous conter un court instant d'une rencontre encore imaginaire...

Je vous avais demandé de vous allonger sur le ventre, vos yeux étaient bandés et j'ai observé un moment votre corps.

Votre dos, vos reins et votre postérieur aux muscles proéminents.

J'ai d'abord massé vos talons entre mes doigts, j'appuyais sur le creux de chaque côté de la cheville et vous gémissiez de satisfaction, ce qui accroissait mon désir.

J'ai caressé vos jambes que j'ai embrassées au creux de vos genoux.

Avec ma langue, j'ai longuement léché votre chair à cet endroit, puis j'ai remonté jusqu'à vos fesses.

J'ai posé ma joue un instant sur cet oreiller voluptueux et puis j'ai léché le haut de votre raie.

Avec mes mains, j'ai pétri votre chair. Au moment où, de l'index, j'ai suivi le tracé qui conduit à votre anus, vous avez raidi vos muscles, enfermant mon doigt ; j'ai cru un instant que vous ne consentiez pas à mes caresses, car je sais vos réserves...

Mais j'ai insisté.

Quelle joie vous m'avez procurée en vous laissant faire !

J'ai pu glisser un doigt à l'intérieur de cet orifice.

J'ai voulu aller plus loin. En continuant à poser mes lèvres partout sur votre arrière-train, j'ai saisi d'une main un simulacre de pénis et j'ai enduit votre anus de salive.

J'étais saisie d'une curieuse fièvre à l'idée d'enfoncer en vous cette verge.

J'ai introduit le bout de l'objet dans votre anus du mieux que j'ai pu. Vous avez poussé un soupir de douleur, je l'ai enfoncé un peu plus en me couchant sur votre dos et puis encore un peu plus, en laissant dépasser la moitié parce que cela me plaisait de le voir, de pouvoir en toucher une partie tandis que l'autre était prisonnière de vous.

Je pouvais le bouger un peu et caresser de mes doigts la chair qui se trouve en dessous et qui rejoint vos couilles.

J'ai su que vous bandiez tout à coup.

Que vous preniez du plaisir à cet attouchement, ce que je voulais plus que tout.

Sinon, comment grimper sur vous ensuite et m'empaler sur votre queue ?

Lui – Nue sur un plateau

Vous qui vous découvrez, Vous qui ne cachez rien, Vous que j'adore....

Merci du fond de mon arrière-train pour toute l'attention que vous désirez lui porter.

Je vous suis infiniment reconnaissant d'aborder sans détour des sujets qui parfois fâchent.

Nous avons, moi et ma libido, beaucoup apprécié l'idée de l'objet à moitié enfoncé dans mon intimité, une moitié me fouillant, l'autre subtilement manipulée par vos mains charmantes comme le joystick d'un astronaute manœuvrant son LEM pour alunir en douceur.

Au risque de vous décevoir sur ce point, sachez que de ce côté je suis un peu coincé.

Ma libido cherche encore ce jour la hardie personne qui par de savantes manœuvres pourra mon verrou débloquer.

Je ne doute que vos mains menues sont de très bonnes prétendantes pour jouer à ce jeu, et qu'un jour elles puissent même s'y perdre jusqu'au poignet.

Car cela m'est aussi apparu un jour d'orage dans la liste infatigable de mes fantasmes.

Qu'à cela ne tienne, vous aussi ma très chère pourrez passer par ces émotions subtiles que Freud n'a toujours pas tout à fait comprises.

Vous aimez les loukoums, mais croyez moi, ma mie, aucun loukoum ne pourra fondre comme moi même lorsque ma tête aurai posé sur vos fesses rebondies, et qu'aidé par la pesanteur, mon visage aurai enfoui entre vos fesses pour me délecter du toucher délicat de votre propre intimité.

Mais laissez-moi au préalable exposer votre devant, contempler sans retenue votre nudité sans limites, qu'aucune pudeur ne peut masquer à présent, voir vos seins m'implorer, votre bouche m'aspirer, votre ventre m'hypnotiser, vos cuisses me galber le regard, et votre sexe me subjuguer. Cet endroit à mille autres sans égal, chez vous trouve son maître.
D'abord lisse comme l'eau calme, celui-ci est fendu d'un fier vaisseau jailli des profondeurs, et ce vaisseau n'a de repos que d'être adoré par votre serviteur.

Celui-ci n'aura d'yeux que pour cette chair que la nature

a si bien inventée, qui peut prendre autant de formes que les plantes de la nature, et chaque fois trouver en son admirateur mille raisons d'être aimé.

L'aspirer je le pourrai, et si je pouvais goulûment je l'avalerais, mais je sais qu'il vous est retenu, par ce désir qui s'y accroche.

J'aimerais m'endormir avec lui en bouche, le faire venir d'avant en arrière le long de ma langue, quand cette dernière ne s'efforce pas de faire les cent pas de votre clitoris à votre périnée, n'oubliant pas au passage de dire bonjour à son voisin le vagin.

Dussai-je être perdu dans le désert, au moins grâce à vous je sais que je pourrai soif ne plus avoir.

La nature vous a faite d'une manière que je découvrirai, mais déjà ce jour, je suis sûr que je l'aimerai.

Ô, douce, inondez-moi de votre plaisir. Recouvrez-moi de votre corps, de vos mains, de vos lèvres, de vos fesses, de vos seins, mais s'il vous plaît, abandonnez-vous.

Il n'est de plus grand bonheur que de voir l'être xxxx (censuré) s'oublier dans la bataille et se laisser complètement aller à ses envies les plus sincères.

Chère, Nous nous entendons manifestement bien. Votre niveau de pratique sexuelle semble légèrement si pas très fort au-dessus du mien. Pouvons-nous conclure pour le moment à un point partout?

Ah oui, une confidence pas encore énoncée: votre serviteur aimerait que lorsque votre séant fatigué se sent, sur ma figure vienne se reposer.

Si par ailleurs il vous venait l'idée, n'hésitez pas d'ainsi vous caresser.

Je suis heureux comme un loukoum tout fondu. HEUREUX en majuscule, content de vous le dire tellement c'est bon de pouvoir ainsi vous parler et vous lire.

Mon Dieu, que c'est bon!

Mon sexe se meurt de s'offrir à vous sans retenue. À le conquérir, vous l'avez vaincu..............

Elle – Objet absent

Cher Ami,

Je vous ai déjà dit mon goût des dentelles et des soieries.

Pour parfaire cette tenue, j'avais glissé quelques gouttes de vanille chère à votre odorat, au creux de mes seins.

Vous m'aviez également, un soir, parlé des senteurs de l'ylang ylang, bien trop suaves cependant.

Je vous attendais, vêtue de la sorte - un léger caraco de soie grège - dans un de ces fauteuils profonds qui invitent à la lascivité, un livre à la main.

IL me tardait de vous accueillir.

Soudain, j'entendis vos pas.

Je reposais doucement le livre sur l'accoudoir lorsque vous avez déposé un baiser au creux de mon cou, cet endroit si sensible si on le mordille.

Les premiers frissons parcouraient mon corps, mais je croisais pudiquement les jambes pour vous cacher mon sexe nu qu'aucune étoffe, fut-elle arachnéenne ne recouvrait.

Cette indécence soudain me troubla, vous étiez, après tout un étranger. Quelle folie m'avait prise de vous attendre de cette façon ?

Lorsque la douceur de vos mains a glissé sur mes seins, j'ai pourtant cru défaillir.

Mon corps, à cet instant, n'appelait que le vôtre.

Mais comme si cette impatience vous indifférait, vous avez pris le temps de vous déshabiller à quelques mètres de moi de façon que je ne puisse vous toucher.
Lentement, mes jambes s'écartaient comme pour vous inviter à venir fouiller cette caverne de plus en plus humide.
Toute pudeur était oubliée.
Je n'avais pas encore effleuré vos lèvres que je pris votre membre dans ma bouche ... je peux me délecter de ces choses avec une gourmandise toute pâtissière.
Vos soupirs...

Elle – Rêveries diverses... encore

... dans la chambre où nous venions d'entrer, vous avez soulevé ma robe, vous avez pris mes fesses entre vos mains et vous avez poussé mes hanches vers le haut pour mettre mon sexe au plus près de la lumière du feu. De vos doigts, vous avez écarté les lèvres encore dégoulinantes de votre sperme, car ce jour-là, vous me preniez et me dépreniez dans une espèce de ronde infinie.

Avec votre langue, vous avez parcouru ce minuscule organe qui me fait frémir.

Vous m'avez léchée de nouveau, sucée, tiraillée en tous sens, votre langue passait tout autour de mon clitoris, puis dessus...

Je ne me suis rendu compte à quel point vous bandiez que lorsque vous m'avez pénétrée, vous introduisant dans ma fente qui n'appelait que vous...

C'est au moment où vous demandiez à me prendre par derrière que j'ai été distraite par un importun, mais je me suis promise de replonger dans mes chimères et de continuer à vous les rapporter pour que vous me disiez encore en retour : "vous m'emportez à des altitudes insoupçonnées".

Elle – Les biscuits roses de Reims

Lors d'une rencontre prochaine dans une chambre, j'aimerais vous attacher, lier vos membres et vous faire subir quelques outrages.

Y consentirez-vous ?

Je vous embrasserai d'abord et puis vous me servirez à manger et à boire.

Durant ces instants, vous serez comme mon valet.

Nous boirons de ce vin du Haut Médoc que j'aime tant.

Vous vous lèverez de table de temps en temps pour me servir et chaque plat vous fournira l'occasion de venir me caresser.

Vous glisserez tantôt une main dans mon décolleté.

Tantôt, vous vous pencherez pour passer la main sous ma robe et effleurer mon sexe.

Et puis, vous détacherez votre habit pour me montrer votre queue raidie et la brandir sous mes yeux, entre vos doigts.

À la fin du repas, je vous demanderai de vous dévêtir tandis que je resterai habillée.

Lorsque vous serez entièrement nu, je vous lierai les pieds et je vous ferai coucher ainsi sur le lit et je m'étendrai sur vous.

Vous saisissant aux poignets que je lierai également, je relèverai vos bras au-dessus de votre tête et je me frotterai contre vous avec mes vêtements pour accroître le sentiment de votre nudité.

Je vous ferai ensuite mettre à genoux, les pieds entravés

sous vos fesses et vous ordonnerai de fourrer votre langue dans mon sexe que vous presserez de vos lèvres. Délicieuse volupté.

Quel bonheur que de savourer votre abandon à moi !

...

Elle - Lueurs sauvages

Bonjour mon ami,

Vous souvenez-vous de cette rencontre dans une chambre noire éclairée par deux grands candélabres ? Les murs, le sol, les meubles rien ne semblait laisser la place à la clarté... comme si le crépuscule et la nuit noire voulaient se joindre à l'abîme de nos plaisirs.
Vous étiez assis dans cette bergère, comme assigné à résidence. Nous vous avions obligé à l'immobilité.
Nous ?
Une amie et moi, à vos pieds, sur le tapis noir, nues, menions une danse sensuelle qui n'avait pour but que de vous faire bander.
Il était doux de caresser ses seins, de s'y arrêter, de les titiller, de les sucer de les lécher tandis que ses soupirs et ses gémissements ne constituaient que le seul fond sonore à nos ébats saphiques... non, il y avait aussi quelques notes égarées de Ludwig.
Il était doux, du bout de la langue, de cheminer jusqu'à son sexe si appétissant.
Tandis qu'au fur et à mesure de cette promenade sensuelle votre bite prenait de plus en plus de consistance, notre désir d'user de vous prenait autant de vigueur.
Vous étiez notre proie, une lente torture vous serait infligée.
Je décidais de m'asseoir face à vous, tandis que ma belle

amie s'occupait à vous caresser le corps, vous lécher de toutes parts, vous malaxer les couilles et vous sucer le gland.

Alors que vous subissiez ces divers délices, je vous ordonnai de plonger votre regard dans le mien et de temps à autre, je venais caresser vos lèvres du bout de la langue et vous mordiller le lobe de l'oreille.

C'était long et lent.

Il ne vous était pas permis de jouir.

Même lorsque mon amie, empalée sur votre vit s'y déchaîna de la façon la plus violente, votre regard ne devait pas quitter le mien, votre jouissance devait être retenue.

J'aimais ce regard aux abois, ces soupirs retenus.

Je vous permis seulement alors de venir éjaculer dans ma bouche.

Comme une jouissance apéritive, comme un prélude à tous les plaisirs que vous alliez me donner les instants suivants.

Lui – extase hivernale

Serpentissime Vous,

Tu t'interroges sur les chances de succès d'un départ à froid.

Pour une amatrice de voitures de sport comme toi, tu sais pertinemment qu'il ne faut jamais monter dans les tours lorsque le moteur n'est pas encore à température.

Je suggère donc de nous forcer à respecter une certaine décence pendant les premiers instants de notre intimité.

Par décence, je voudrais dire absence de geste déplacé, mais par contre, je propose de nous émoustiller par la vue de quelques paysages bien dégagés.

Le timing de ce "dépaysement" reste à voir, mais je pense que comme bougie de préchauffage, l'un ou l'autre décolleté, échancrure ou autre pièce d'étoffe manquante serait bien opportun pour élever notre niveau d'excitation et ainsi monter dans les tours.

Si tu t'estimes encore trop timide, reste rassurée que je ne t'en porterai aucunement ombrage. Je peux par contre assumer de mon côté ma part de ce chemin d'anti pénitence, si toutefois tu m'en accordes la liberté.

Je me ferai un plaisir de me dévêtir en partie pour notre

vin déguster. Autour de toi je tournerai, et pour te servir m'approcherai.

Ainsi, mon phallus à loisir tu pourras observer, et à loisir ta timidité rassurer.

Ah ma mie, qu'il est bon d'ainsi pouvoir penser.

Qu'une telle complicité nous unisse relève d'un cadeau du ciel. J'adore ce ciel qui nous offre de telles possibilités de nous émerveiller, de créer des feux d'artifice dans notre cerveau, d'électriser nos sens, et ce même déjà via d'infinies distances par clavier interposé.

Au plaisir de vous voir, ma Chère,

Au plaisir de nous exposer, ma Complice

Au plaisir de t'offrir mon sexe, à la vue et au toucher, ma Mie,

Au plaisir de te montrer mon corps, pour l'usage que vous déciderez d'en faire, ma Directrice de Société,

Au plaisir de te voir, comme bon te semblera, et de t'explorer jusqu'où tu l'accepteras, Ô toi, femme offerte s'offrant à mes fantasmes trop souvent inavoués.

Viens, inonde-moi de ton plaisir.....

Oublie-toi auprès de moi.

Lui – Vauvenargues le parfait Stoïcien

Chère et DOUCE,

Mais je rigole, esquivant peu astucieusement le lot du jour suspendu au mât de cocagne depuis cette nuit, à savoir notre passion toute neuve tombée du ciel.

J'ai du plaisir à regarder tes mots plutôt que les lire, ils sont beaux quand ils sont écrits par toi sous cette forme suave que tu leur donnes.

J'ai l'impression qu'en les couchant sur ton clavier, tu me prends et me roules entre tes doigts, entre tes lèvres, avant de me remettre entre les lignes, couchés entre tes draps, liés à notre souvenir si doux et si chéri.

Ce don du ciel qui te permet d'user ainsi de ton corps, toi qui m'annonçais être plus prude dans le vrai que dans le virtuel, ce don je disais, est je le pense un sublime présent que tu m'as offert en ce jour de lundi, le jour où tout a commencé.

Ta bouche je m'en souviens m'a caressé comme du

velours, me prenant avec tant d'amour et de bonheur, que pourquoi me dis-je, ne me suis-je pas vidé en toi à ce moment-là.

Oh, oui, je l'imagine maintenant, qu'avec toi tout devient beau.

Tu drapes ces gestes d'une pureté matinale, vierge de tout, d'une innocence empreinte de timidité, telle la rosée du matin qu'un rien effraye et fait disparaître.

Dors bien ou réveille-toi, c'est selon, mais de grâce, souviens-toi de moi pour encore me faire vivre cette passion, si pas dans nos corps, dans nos esprits.

Moi, pleinement nu et offert à toi.

Elle - Clearing, check in, check out

Cher Ami,

Que vous dire de ma réunion ?
Vous savez ma capacité à participer activement à des
séances de travail et à laisser concomitamment mes
pensées vagabonder.
Que ne pouvais-je vous rejoindre... pour vous trouver nu
dans la suite de cet hôtel de la capitale que nous avions
réservé de sextes à après complies.
Vous m'y attendiez avec impatience, grignotant les mets
que vous aviez commandés afin de sustenter une partie
de nos appétits.
Vous vous étiez cependant gardé de faire sauter le
bouchon de la bouteille de champagne.
Je me précipitais vers vous abandonnant mon manteau,
mon écharpe, mes gants sur le sol moelleux de la
chambre.
Le feu crépitait et les bougies faisaient danser la lumière
sur votre peau si douce.
Ah ...votre peau qu'il me tardait de caresser, de griffer
ou de mordre.
Et puis aussi votre bite que plus tard, j'allais emboucher,
toute pudeur oubliée.
Déjà vos mains étaient occupées à détacher mes
vêtements, car c'est presque nue que vous m'aimez.
J'aimais qu'au détour d'un lacet ou d'une agrafe vous
preniez mes seins entre vos doigts, entre vos lèvres.

Je soupirais lorsque votre main se glissa sous ma robe pour venir découvrir mon sexe déjà gluant de désir de vous.
Mais il fallait encore patienter, nous avions du temps devant nous, nous avions décidé de le prendre...

Lui – Tchin Tchin

Chère Amante,

J'adore votre mélange subtil de mots élégants et de termes crûs.

Si d'aventure vous pouviez un jour de chance mon anus pénétrer, je rêverais que votre main y glisseriez.

Car au-delà de l'action ce qui importe est l'idée qui m'emporte.

Être de vous pénétrée me ravirait de la sorte.

Le mystère qui s'installe en ce lieu interdit n'a d'égal en profondeur que le lieu qu'il défend.

Vous m'avez en tout cas vous, ma mie, offert le vôtre comme nulle autre d'ailleurs,

et j'en retiens ô bonheur, un souvenir quasi divin.

Quant à votre sexe que vous dites gluant, je le vois m'inonder de son plaisir, fut-il tantôt discret ou tantôt ostentatoire, dans les deux cas il m'inondera d'une ineffable plénitude que seul un sommeil réparateur pourrait effacer de ma mémoire allouée à Eros notre ami commun.

À te boire,

Lui – Peindre et faire l'amour

Mon Dieu!

J'espère que tu ne t'es pas fait trop mal dans ton escalier, surtout qu'il est comme toi, bien balancé.

Entre-temps, que te dire de prude, face à ce que nous avons vécu cette belle après-midi?

Tout d'abord, merci pour le repas. C'était très étonnant pour moi, le vin était bon, la table, à)à)&éà"à&é)"à)" comme d'habitude et le personnel classieux à souhait.

Ensuite, nous sommes allés dans cet endroit exquis que seul le dieu des libertins pouvait inventer.

Il nous a échu un Sauna que nous ne testâmes point, mais l'ambiance fut assez chaude que pour avoir pu s'en passer.

J'ai adoré nos moments de déshabillage mutuels, nos roulés-boulés sur le sol froid. J'aime les sensations de peau froide, la fermeté de la chair qui se raffermit.

C'est très gai d'avoir cette sensation sur la peau des testicules. Leur sensibilité est bien plus grande. Elles se racrapotent si on peut dire, et ne souffrent pas à ce moment d'être malaxée, sous peine de perdre cette particularité sensorielle. Il faut alors les effleurer du bout des doigts et jouir de la sensation ainsi créée.

Tu auras aussi noté la manière dont tu me caressais quand j'ai joui (encore merci). C'était nouveau pour moi, mais en règle générale, j'aime bien avoir le sexe molesté, rudoyé, dégondé, forcé, étiré ou même tordu dans ces moments-là. Tu ne dois pas avoir peur de me faire mal. Je suis assez grand que pour dire quand cela ne va pas.

Mais qu'est-ce que j'ai eu bon....

J'ai aussi beaucoup aimé les huiles, qui donnent un sentiment de plénitude, de calme, d'abandon de soi (tu vois...).

Quant à toi, tu es un charme ambulant, atterrissant sans crier gare dans le jardin de mes fantasmes, écrasant préjugés, tabous, limites et pudeur au passage, t'offrant à mes doigts, ma langue, mes mains et mon sexe comme un bon catholique baptisé et pratiquant offre sa bouche au curé lors du passage de l'hostie: les yeux fermés, confiant, aimant...

Je découvre une autre sexualité avec toi, un ou deux étages au-dessus de la mienne. Quel retournement hein!

À la limite, tu dois être déçue. Tu croyais que j'allais t'apprendre plein de choses et me voilà quasi débutant à tes pieds.

Je te remercie infiniment de m'avoir ainsi offert ton corps. Ce fut un plaisir, comme je l'ai dit dans un autre message, une overdose.

J'ai l'impression que le temps écoulé ne correspond pas au nombre de choses qu'on a faites.

Je t'embrasse de la tête aux pieds, en passant par tous tes trous.

Ah oui, je suis fou de nos embrassades de faces. Je suis énormément content que tu aimes cela, et ta salive est très bonne pour cela.

À bientôt,

Moi, nu, t'offrant son sexe en érection sur un plateau, à côté d'une fiole d'huile de Santal venant du Jardin des Fées.

À "trop" bientôt.

Bises partout

Partout

Par tout

Tout

Elle – Même pas mal

Bonjour Toi,

Moi aussi j'aime bien tes caresses sur mon corps, sur mon sexe, sur la bouche et j'aime m'y abandonner.
J'aime bien que tu me laisses "m'intromettre en toi, avec mes doigts".
J'aime bien te faire bander et encore plus te faire jouir.
J'aime bien te caresser avec de l'huile, la prochaine fois, il faudra que ça dure plus longtemps.
La prochaine fois, on n'ira pas manger avant.
On ira dans une chambre, j'apporterai du champagne et des choses à manger et puis on fera des pauses entre diverses caresses.
Et puis je prendrai ton sexe dans ma bouche pétillante de champagne et puis...
Moi qui fantasme sur ton sexe bandant et qui ai envie d'être emplie de toi

Lui - Où est la limite entre le plaisir et la douleur...?

Tendre complice,

Vos écrits qui m'arrivent à la fréquence erratique des trains de la SNCF nous comblent néanmoins d'aise et de palpitations les plus diverses.

Tout est dans la gestion des horaires, mais nos sens savent y faire, et jusqu'à présent nous nous réglons sur le cycle de l'astre lumineux qui traverse notre ciel enflammé.

Mais nous sentons aussi, comme vous ma chère, ce subtil rétrécissement de la gorge qui nous prend quand nous sommes sans nouvelles de l'autre, cet assèchement discret des muqueuses buccales, cette respiration qui se fait plus rapide de manière infime, et le cœur qui se met à pousser un peu plus le sang à nos extrémités.

Nous devenons distraits, nous bougeons de manière plus saccadée, le temps semble se décomposez tant nous aspirons à cette nourriture invisible qui doit abreuver notre esprit et notre cœur. Sans nouvelles de l'autre, nous nous mourrons comme un vampire sans sang frais, comme un plongeur sans oxygène, comme un poisson hors de l'eau, qui aurait été rejeté sur la plage par une vague trop impétueuse et imprévisible.

Votre parole nous a réconfortés, et soudain la vie nous revient, nos joues rosissent et notre teint reprend des couleurs.

La notion d'abandon dont vous nous entourez se resserre autour de notre esprit comme une écharpe autour du cou.

Au plus vous vous abandonnez, au plus votre corps échappe à votre contrôle et se met à vivre par lui-même, réalisant des choses qui sortent du néant et créent des émotions, des sensations à nulle autre pareille.

Quel est ce désir qui vient de nos entrailles et nous pousse à vouloir être mangé par l'autre, à vouloir rentrer en lui par tous les moyens, à se mélanger à son corps, à en faire partie?

Est-ce cela la libido, ou cela vient-il de nos gênes, ou sont-ce des reliquats de nos phases de croissances, comme certains le disent.

En sommes-nous aux résurrections des phases anales, buccales et génitales?

Qu'importe, fêtons comme il se doit ce retour aux

sources, cet oubli des conventions et des interdits, et plongeons nos corps et nos esprits dans ce gouffre sans fond qu'est le plaisir.

Vous me mettez face à des notions mathématiques qui nous interpellent. On dirait JCVD qui explique que 1+1 égal 3, ou 8 selon le sens de la marche et du choc des molécules d'oxygène.

Mais oui, bien sûr, vous avez raison. Votre remarque est pertinente. Ne reste plus qu'à faire rencontrer A1 avec C3, ou l'inverse, avec comme accessoire une badine ou une cravache.

"D'un point de vue théorique, il ne semble pas y avoir de difficultés à penser qu'il serait possible d'appréhender la question du sadisme-masochisme à travers les pratiques esthétiques les plus diverses."

Chère, votre comportement nous a esbaudis, et nous ne pouvons qu'espérer pouvoir vous rendre la pareille, et vous permettre de goûter sans opprobre aux gestes dont vous rêvez secrètement. Car voilà une source de satisfaction, à savoir pouvoir donner à l'autre ce qu'il désire le plus, ce dont il rêve, mais n'ose parfois le demander.

Vous avons-nous déjà envoyé notre Carte Sexographique?

www.humansexmap.com

Vous pouvez réaliser la vôtre en utilisant l'option en haut à gauche.

Votre tendre aspirant, aspiré par votre pensée dans un tourbillon d'émotions divines et sensuelles.

Elle – Les nourritures terrestres

Oh mon Ami,

Combien de jours, combien de nuits, combien de temps va s'écouler ?
Avant que je ne redevienne l'objet de vos caresses délicates.
Avant que vos mains fraîches se posent sur mon corps brûlant et puis sur la rondeur de mes seins.
Avant que votre langue ne pénètre ma bouche et se mêle à la mienne, comme mue par la nécessité de s'écraser l'une à l'autre.
Avant que le bout de vos doigts ne vienne écarter les lèvres de mon sexe pour atteindre mon clitoris déjà dardant.
Le Temps.
Quel concept plus que celui-là peut-il nous enseigner la relativité des choses ?
Ces heures qui séparent nos corps sont si longues alors que celles qui les réunissent s'en vont de façon telle à nous laisser plus de souvenirs que de moments ensemble.
Oh oui ! Lorsque nous nous reverrons, je veux que vous me déshabilliez en premier.
Lorsque je serai presque nue devant vous, vous vous éloignerez et nous boirons quelques gorgées de champagne et puis nos boirons nos baisers.
Je viendrais éprouver ma nudité entre vos bras.

Je viendrai coller mon ventre contre votre chibre.

Je vous chevaucherai tandis que l'étoffe de vos vêtements deviendra une barrière insupportable entre mon sexe impatient et votre queue raidie.

Vous m'avez dit n'être pas un limeur. Eh bien, il faudra pourtant limer.

Vous n'êtes sans doute pas un pilonneur. Il faudra pourtant pilonner.

Sachez Mon Très Cher Ami qu'il s'agit d'un véritable délice que de se faire défoncer la chatte au milieu de caresses plus subtiles...

Lui - De l'art de préparer le manioc

Subtile Amie,

Merci pour votre prose dominicale rafraîchissante, que je préfère de loin à toute autre messe.

Votre plan d'action pour notre prochaine rencontre me plaît et mon chibre comme vous dites en est déjà tout frétillant.

J'adore, vous le savez, le jeu des contrastes.

Pour ce qui est de limer et pilonner, je crois que le mieux est de m'en remettre entre vos mains afin que vous fassiez mon éducation à ce sujet.

Vous m'indiquerez le chemin, et tous deux, nous le gravirons, quel que soit le nombre de calvaires interposés, pour autant que la croix soit celle de la félicité.

Je m'appliquerai à vous pénétrer lentement, suavement, profondément, faisant gigoter mon pénis dans votre vagin comme une anguille prise au piège.

J'aime aussi le sortir et le rentrer, appréciant particulièrement le moment où il écarte les lèvres de votre sexe.

À d'autres moments, je m'efforcerai, avec délice et hargne, à vous défoncer du mieux que je peux, vous retenant par les épaules pendant que je vous donne des coups de butoir, que je vous cogne les fesses de toutes mes forces, afin que mon pénis vous pénètre au plus profond et que mes testicules vous choquent du mieux qu'elles le peuvent.

L'autre jour en pensant à vous pendant que je me masturbais, je m'étais imaginé nouer une corde autour des susdites testicules, et pouvoir ainsi parvenir à vous pénétrer avec ce petit sec bien fagoté. Je me disais pouvoir les introduire aussi bien dans votre sexe que dans votre anus. Je me disais que cela nous forcerait sans doute à adopter certaines nouvelles positions, mais pourrait vous permettre d'empoigner mon membre et de l'astiquer tout en étant remplie de moi au même moment.

Peut-être même serait-il possible de mettre ce membre dans un trou pendant que mes couilles se nichent dans l'autre.

J'avais d'ailleurs les cordes nécessaires lors de notre dernière rencontre, mais les ai laissées non par pudeur, mais par oubli à leur place dans la poche de mon pantalon.

Ah Toi, la vie n'est-elle point belle ?

Pendant que le vôtre dardez sans pudeur, le mien se complaît à bander. N'est-ce point gai, frais et si joyeux que d'avec nos sexes s'amuser ?

Je l'adore, pouvoir ainsi discourir, et de penser à nos corps utiliser, pour nos sens réveiller.

Oui, prend, prend donc ce membre que je t'offre, et défonce-le aussi, comme toi tu aimes être défoncée.

Défonçons-nous donc pour le plus grand bien de nos nerfs, de notre respiration, de nos sens en explosion.

Éclairons donc nos chemins de vie de ce plaisir que nous nous offrons.

Et puis, éclairer, n'est-ce pas la même chose que défoncer ?

Amitié, je vous inonde le visage de ma salive avant de m'envoler vers le septième ciel.

Lui – La revanche

Amour, douce et tendre, Espiègle maintenant, et demain ?

Me voilà donc confus et confondu.

À chaque lettre que je frappe, tu m'arraches un peu de ma peau, de mon sang, de mon souffle, mon souffle qui se fait plus court, plus haletant.

Je vais te dire que ce qui compte, ce qui est important, c'est que je puisse te voir toute nue. Car c'est ça qui compte dans la vie, voir des femmes nues et pouvoir les aimer, les toucher, les effleurer, les caresser, et, pourquoi pas, les pénétrer de-ci de-là (ou par-ci, par-là).(ou ici et là) (ou par ce trou-ci, par ce trou-là) (mais je divague, ma pression sanguine atteint bien 30 unités, mes yeux ne voient plus, mes oreilles bourdonnent, oui, c'est ça, je jouis....) Oufti ! Je m'y attendais pas. Sacrée conquérante parmi les conquérantes, celle qui a réussi à franchir tous les barrages, qui a battu en brèche les remparts vaubanesques.

Tu as bien droit à une médaille.

Dors bien ou réveille-toi bien.

Fais de beaux rêves ou de belles lettres au picrate.

Mais surtout, surtout, ne mets jamais de petite culotte quand tu vas voir ton directeur.

Ton amant

Lui - Moi aussi j'aime mon corps.

Chère et adorable galante,

Un jour sans nom, votre galant apparaîtra, de noir vêtu et sans effroi.

Près de vous il montera, et son bagage emportera.

Une coupe nous boirons, et même plusieurs finirons.

Jusqu'à ce que n'en pouvant plus, vous dussiez vous alléger.

C'est alors qu'avec vous nous irons

dans la pièce aux ablutions.

Devant vous je m'allongerai

et sur moi vous pisserez.

Il me plairait que sur ma tête vous passiez

et mes cheveux bien inonder,

pour qu'ensuite d'une passe habile,

ma bouche vous humectiez.

Sachez qu'être ainsi privilégié

m'honore avant tout,

mais qu'ensuite et j'y tiens,

cela me fait un grand bien.

C'est comme si cette tiède ondée

détenait en son sein

un pouvoir d'un secret empreint,

comme une onde bénéfique

apte à apporter paix et quiétude.

Comment à vous vous l'expliquer,

sans par cela vous choquer?

Comment franchir cette barrière invisible,

qui sépare le meilleur du pire,

et de fait déplacer cet obstacle,

plutôt que mouvoir les objets

qui épars autour de nous

peuplent nos fantasmes éclairés.

Je vous en prie ma mie,

ne le prenez pas mal,

et s'il vous plaît je vous en conjure,

ne me jeter pas comme parjure.

De vous je boirai tout,

et suis sûr que d'aimer je bous,

mais vous le savez

que cela aussi est tabou.

Peut-être que je frissonnerai,

peut-être même que je frémirai,

mais jamais je ne regretterai,

car de votre nez à votre con,

tout à la fois j'embrasserai.

Fusion, passion, émotion,

sont des mots sans raison.

Agenda, réservation, explications

sont des mots de raison.

Les uns nous emportent aux cieux,

les autres nous ramènent à terre.

Entre les deux nous vivrons

pour le bien de nos cœurs et de nos corps

Attention nous ferons

et nos moitiés nous ménagerons.

Amitié, pensées, douceur sont des mots qui nous lient déjà.

De toi à moi, j'espère que cela perdurera.

Moi, offert à sa destrière.

Lui – 90B ? KEZAKO?

Toi,

Cing heure du matin.

Une femme, Toi, termine un verre de vin de Haut-Médoc à l'after bar d'un restaurant chic du bas de la ville.

La plupart de ses amis sont déjà partis rejoindre leur époux et épouse, puisque comme d'habitude, les virées entre collègues se font en célibataire.

Ils n'y a plus qu'une demi-douzaine de personnes présentes dans l'établissement, et le signal du départ est sous-entendu.

Les longues suites de tables blanches désalignées et leurs sets gris épars faisaient penser à un lendemain de mariage.

Soudain, sans savoir d'où il sortait, un inconnu s'approche d'Elle, une bouteille de bière à la main.

- "Chère Madame, avez-vous déjà goûté de la bière Desperados"?

Elle ne connaît pas cette bière, et son "packaging" original la pousse à accepter l'invitation, d'autant plus que l'animation de l'établissement et la dégustation du

Haut-Médoc l'avaient un peu déconnectée de la réalité.

S'ensuivit une discussion sur le sexe des anges, et après un temps indéterminé, notre inconnu lui propose de le raccompagner.

À ce moment, elle ne sent plus très bien si le sol est incliné ou si c'est la Terre qui penche toute entière.

Elle se souvient vaguement d'avoir conduit son véhicule jusque devant le domicile de l'inconnu, et accepté l'invitation d'y monter pour boire un dernier verre.

Elle ne se rendit pas compte qu'il ne refermait pas la porte d'entrée, ni que cela faisait déjà une demi-heure qu'elle ne se sentait plus capable de dire non à qui que ce soit pour qui que ce soit.

Tout lui paraissait bon, enivrant, joyeux.

Sa rencontre du soir était charmante et avait déjà plongé plusieurs fois son regard dans son décolleté, ce qui n'était pas pour la décevoir.

Arrivé dans l'appartement, l'homme l'emmena directement vers sa chambre, et commença sans détour à la déshabiller.

Tout tournait autour d'elle. Le plafond, le lit, les tableaux aux murs.

Elle entendit du bruit, vit la porte s'ouvrir, et des hommes rentrer.

Il lui sembla qu'elle les connaissait. Ouiiiii, c'est ça, ce sont des collègues qui étaient au restaurant.

Elle sent ses vêtements tomber par terre, le regard des hommes se figer sur sa nudité.

L'inconnu la couche sur le lit, mais on devrait plutôt dire qu'elle s'écroule sur le lit.

Il commence à l'embrasser avec fougue pendant que les autres hommes s'approchent.

Elle en sent un qui remonte sa main le long de sa cuisse.

Que vont-ils penser de moi, se dit-elle. Que vont-ils tous dire au bureau demain?

Mais voilà qu'on la soulève, elle se sent ballottée, ne comprends rien, mais enfin, les choses se calment et elle comprend qu'un homme est venu sous elle.

Un troisième est occupé à lui malaxer les seins, sans réfréner ses ardeurs. Elle a mal, mais aime sentir cette vigueur mâle lui labourer les mamelles.

Il lui mord maintenant le bout des seins. Elle ferme les yeux, de douleur et de plaisir.

À ce moment, elle sent un membre s'introduire dans son fondement, lentement, qu'elle aurait presque pu ne s'en apercevoir, si ce n'est que ledit membre semble très volumineux et peine à forcer le passage, pourtant facilité par la quantité d'alcool quelle a ingurgité ce soir, et sans doute ce que cet inconnu a mis dans sa bière. Flûte, pense-t-elle un instant, je n'aurais jamais dû accepter cette bière déjà décapsulée. Mais déjà ses regrets s'évanouissent face au bonheur intense de se sentir remplie par ce membre vigoureux.

Alors, un quatrième homme s'approche, elle le reconnaît, c'est le comptable. Lui toujours si timide, si mal habillé avec ses yeux chassieux dès qu'elle le croise dans le couloir.

- "Alors, tu fais moins la maligne maintenant, mais tu aimes ça, hein! Attends que je te mette ma queue bien loin, tu m'en diras des nouvelles. Tu vas voir ma chérie, on va faire de la comptabilité ce soir"

Et en un coup de butoir violent, le comptable lui enfonce son sexe dans le con, alors que l'autre est encore à la besogner par derrière.

- "Oh ouiiii, gémit-Elle". Viens, met la moi, oui, bien profonde, plus fort, oui, plus fort!"

- "Attend, cela ne fait que commencer, comptez avec moi les gars. Et d'une" crie-t'il en la labourant bien profond" et de deux, trois, quatre", et ainsi de suite jusqu'à 69 coups de butoirs synchronisés avec son collègue, qui s'avéra être le garçon d'étage, celui qui portait le courrier.

Elle se démenait dans tous les sens, s'arc-boutant, griffant les draps et les fesses qu'Elle pouvait agripper, en redemandant, suppliant de l'embrocher, de la défoncer, n'ayant plus aucune pudeur devant ses collègues réunis, hurlant son plaisir à qui voulait l'entendre.

Enfin les choses sa calmèrent. Les hommes se retirèrent, et ce n'est qu'alors qu'Elle remarque qu'il y avait encore une personne dans l'ombre, assise dans un fauteuil dans un coin.

La personne bougea, se leva et vint vers elle. C'était une femme. Elle l'a reconnue. C'était la directrice! Isabelle! Mon dieu, que fait-elle là?

Elle s'approcha d'elle, ses cheveux blonds et lisses toujours parfaitement peignés, et se pencha sur elle.

- "Bonjour" dit-elle d'une voix suave, "tu ne t'es jamais demandée pourquoi je t'évitais ces jours-ci? L'idée de ce qui allait se passer ce soir me rendait folle. Je craignais de ne pas pouvoir tenir à l'idée de pouvoir me retrouver enfin avec toi et de tout t'avouer. Mais enfin, tu es là, c'est l'essentiel. Je t'ai toujours désirée." pendant qu'elle parlait, elle avait commencé à défaire son tailleur noir et son chemisier blanc cintré.

Elle était maintenant nue et se lova doucement contre son corps, lui caressant les seins et la gorge. Elle approcha lentement sa figure de ses lèvres et y dépose un baiser d'une tendresse infinie. Sa langue s'insinua entre ses lèvres et l'explora lentement, telle une murène cherchant sa proie entre les rochers. Sa main lui caresse le ventre et descendit vers son entrejambe.

Ce qu'elle y trouva fut un sexe gonflé de plaisir, inondé au possible, toutes ses parties regorgeant de sang, dures au toucher, offrant ses circonvolutions et rotondités aux doigts souples et explorateurs d'Isabelle.

- "Si tu savais comme tu m'excites, comme j'ai envie de toi. Tu es une vraie salope de me narguer comme cela chaque fois que je te vois. Tu ne te rends pas compte de ce que je dois endurer. Parfois je vais même me réfugier dans les toilettes après t'avoir vue, pour me "finir" comme une gamine. Mais ici tu as à moi, à moi toute seule, et je vais te faire ta fête. Sur ce, sa tête disparut de son champ de vision. Elle était trop dans la vapes que pour se redresser. Elle sentit qu'on lui écartait les jambes, et aussitôt une langue vint foisonner son intimité avec une force qu'elle n'avait jamais sentie auparavant. Cette langue s'enroulait littéralement autour de son clitoris qu'elle devait bien avoir gros comme son petit doigt. Trois doigts s'étaient déjà engouffrés dans son vagin, et venaient palper la paroi supérieure de celui-ci, près du clitoris. Soudain, Isabelle pressa son pouce sur son pubis lisse comme l'ébène, et le referma comme un étau sur ses trois doigts qui se trouvaient à quelques centimètres de l'autre côté. Une sensation de brûlure l'envahit, comme si une dague lui avait pénétré les entrailles. Au même moment une langue écrase littéralement son clitoris, qui fusionna avec la sensation provoquée par le pouce et les doigts. Elle sentit comme une explosion intérieure se propager

depuis cet endroit et gagner tout son corps. Isabelle n'en pouvait plus et lui hurlait des paroles insensées: "je te veux, tu es mienne, prends-moi, encule-moi!" Elle vint alors se mettre au-dessus d'elle alors que celle-ci était en plein extase. Elle lui offrit son sexe, qu'elle envahit du mieux qu'elle pouvait, stabilisant la croupe tressautante d'Isabelle de ses deux mains.

Au moment où elle allait y enfouir sa langue, la scène se transforma, tout devin noir, puis blanc. La lumière lui faisait mal. Elle regarda autour d'elle. Il n'y avait que l'inconnu, assis près d'elle, tout habillé. Il lui tenait gentiment la main.

- "Ça va? Tu as dormi. Tu semblais tellement crevée que je n'ai pas voulu te réveiller. Ton sommeil semblait agité."

Elle se regarda. Elle était tombée tout habillée sur le lit.

Elle sentit soudain qu'elle était inondée et ne sut comment cacher sa confusion.

Elle s'enfuit dans la salle de bain pour cacher son désarroi, tout ne pensant à ce rêve qui l'avait transportée un instant dans un monde de plaisir inespéré.

Et lundi, revoir toutes ces têtes, et ne rien pouvoir leur dire... S'ils savaient....

Moi, pour te servir du mieux qu'il peut.

Lui – Je préfère les A Cup

Je pense beaucoup à nos rencontres. Je désire réellement me sentir bien près de toi.

J'ai tant l'impression que c'est quelque chose de si bon pour mon âme et mon corps.

Hier soir, j'ai encore joui en pensant à toi. C'est la troisième fois.

Ce qui est très bon, c'est qu'au moment de l'orgasme ton image soit encore présente dans mon esprit.

Parfois, les choses qui surviennent sont incontrôlables, et parfois chassent ce qu'on voudrait y voir.

Demain ton pubis découvrirai,

Entouré d'atours dont tu as le secret.

Devant moi tu camperas,

Et sans bouger me parleras.

De mes yeux te regarderai,

A satiété m'en nourrirai,

Ton sexe m'hypnotise,

Je n'en peux plus, j'asphyxie.

Car à te voir de respirer

j'en ai presque oublié.

Tes jeux de regards,

ton corps offert,

tes yeux qui tombent

dans cet océan d'abandon.

Tout cela me trouble,

je ne sais plus que penser.

Que faire, que dire,

comment orienter ma vie?

Je me suis trompé de chemin,

mais au bout de celui-ci

j'ai trouvé une femme

qui de plaisir a très envie.

Je cherchais une mie,

j'ai trouvé une coquine.

Il est 5 heures, Paris s'éveille.

C'est mon bonheur, Elle m'éveille.

Ton tendre dévoué

Lui – Passion érotique

Douce aux yeux si adorables.

Peut-on parler d'une passion érotique?

Puis-je dire que nous vivons une telle passion?

Qu'est-ce que la passion, et l'érotisme peut-il s'appliquer à la manière dont on fait l'amour?

Ce soir, j'ai rencontré un jurassien travaillant dans la communication à l'ONU, prétendant avoir au entre 200 et 300 femmes dans son lit.

Il ne drague jamais ses collègues ni leurs amies.

Uniquement en voyage.

J'ai essayé de comprendre ce qui fait l'atout de cet homme, et j'ai pensé que c'était sa voix, ronde, chaude et profonde.

Il m'a confirmé que sa voix lui permettait de draguer et de conclure rien qu'au téléphone.

Bien, ceci était le préambule.

Pense à de l'herbe (là où y a des vaches) et des bulles de savon: tu as un préambule.

Je suis super content, heureux comme tout du « syntonisme » de notre relation.

J'aime ta prose comme j'aime poser mon gland dans ta bouche.

J'aime tes lèvres quand tu en entoures ma verge

J'aime ta langue quand tu la poses entre mes fesses

J'aime ta bouche quand sur mon visage elle se déplace

J'aime ta salive quand elle m'inonde

J'aime ton urine quand elle m'arrose

J'aime ce liquide mystérieux qui s'échappe de ton corps quand tu es contente.

Je veux pénétrer ta bouche avec ma langue

En faire de même de ton anus et ton vagin.

Tous trois m'attirent comme des aimants

et me poussent à tout oser.

Tu te donnes entièrement,

offrant tout à ton amant.

Je voudrais jouir en toi, partout, beaucoup, longtemps et longuement.

De ton corps enveloppe-moi,

Couvre-moi de tes doigts,

présente-moi tes seins

que je les presse dans mes mains,

que je les écrase sur ton corps.

Ton sexe aussi envahirai

de mes doigts inquisiteurs.

De mes yeux aussi d'ailleurs

je veux te voir et t'envahir.

De plaisir je veux t'inonder,

et de baisers te ligoter.

Adieu et à demain, je m'en vais au domaine des cieux.

Elle - Qui vole un oeuf, vole un boeuf...

Cher Ami,

Votre ingénuité me trouble.

Sinon, comment aurions-nous pu encore goûter aux plaisirs qui peuvent se vivre dans les fauteuils, les lits ou les douches ?
Sachez que mon trouble est sans mesure : vous m'avez fait vivre un plaisir intense et absolument inédit, celui de vous inonder et ensuite de glisser contre votre peau jusqu'à vouloir vous pénétrer par tous les pores.
C'est pourtant par d'autres cavités que je vous pénétrai de deux doigts avides de vous donner du plaisir.
Ondinisme, quel joli nom !
Je garde un souvenir lumineux de ce long et pourtant combien trop court moment passé dans cette jolie chambre avec vous.
Comme j'ai aimé vos doigts explorant mon sexe et puis votre langue et puis votre regard et puis vos soupirs.
Comme j'ai aimé sentir votre queue dans ma bouche et puis dans mon cul.
Comment pourrais-je désormais me passer de nos baisers ?
Je vous l'ai écrit, de retour chez moi, je vous ai cherché la nuit durant, dans mon lit, ma soif de vous n'était pas

encore étanchée.

Il me tarde déjà de vous dire de tout mon être un "je t'aime" qui ne s'adresse qu'à celui qui sait me faire frémir de désir, des "je t'aime" qui ne se disent que dans ces chambres de toutes les tentations où il est si plaisant de me soumettre à vos fantaisies.

Je vous envoie une caresse choisie,

Lui - Où l'on déguste du chocolat chaud

Chère Marquise,

N'était votre rang, je vous aurais bien demandé audience.

J'ai en effet matière à converser.

Je m'explique céans.

L'autre jour me promenais de l'autre côté du domaine,

celui où coule notre ruisseau bienfaiteur.

Or donc en amont du château,

me rendais pour guetter quelque canard

qui pour le festin du soir m'aurait bien convenu.

Quelle ne fut ma surprise,

en approchant du ru,

de vous voir ma Marquise,

en ce lieu si isolé et si tard le soir.

L'air était chaud et le soleil lent à se coucher.

La pénombre tardait à venir.

Je vous vis sans le vouloir,

et de gêne ne put me manifester.

Mais aujourd'hui mon émoi

fait que c'est plus fort que moi.

Je dois vous dire, me Marquise,

ce que je vis me chamboula.

Vous madame la Marquise, si sérieuse le jour,

toujours si bien habillée et posée en toute circonstance...

Je vous vis vous dévêtir séance tenante,

poser vos habits sur les branches proches.

Bientôt de tout vous n'aviez plus rien.

Votre peau blanche luisait, dorée par le bas soleil.

Vos seins pointaient, de si loin je le voyais.

Votre chute de rein m'aveuglait.

Je vous vis oindre vos mains

et avec vigueur masser vos seins.

Je vous vis la tête renversée

votre con attaquer

et des deux mains l'envelopper

comme une colombe qu'il faut mâter.

De si loin je m'étais caché, mais lentement je me rapprochai.

J'entendais vos petits cris, et d'envie je me dévêtis.

Mon membre je dû empoigner

et dans tous les sens l'agiter

pour que ce gredin enfin veuille se calmer.

Car que dire ma Marquise,

de vous voir ainsi nue vous tortiller

un cheval de bois ferait s'emballer.

Je n'en peux plus je dois vous dire,

depuis votre vue je ne débande plus.

Que faire Marquise, sinon dessus lui souffler

votre haleine bénéfique

afin qu'en un soupir il puisse se coucher.

Je vous en conjure, Noble Dame,

ne m'en veuillez pas d'être si discourtois,

mais je suis sur

que d'une si beau geste,

vous feriez un être heureux parmi les Dieux.

Depuis votre vue, je n'ai de cesse de vous poursuivre,

et me cachant dans les couloirs, de humer votre odeur enivrante.

Marquise, chère marquise, offrez-moi ce que je demande.

Un peu de vos soupirs, beaucoup de sourires,

un regard, une œillade me combleront de joie.

N'en faites point trop, car la vie s'étale encore devant nous,

et à chaque jour doit suffire son plaisir.

À vous voir encore un jour ou une nuit,

nue sous la lune ou le soleil,

me tuerait c'est certain.

Me relever je ne pourrais,

et d'avoir votre présence m'aiderait.

Prenez-moi Marquise, mais de grâce placez vos mains,

juste là sous mon pourpoint.

Oui c'est cela, maintenant glissez comme ça

vos menus doigts sous le taffetas.

Sentez-vous maintenant le vilain?

Il est là qui vous attend.

Dès qu'il vous sent il est debout

et se meurt de vous sentir.

Oui, c'est cela, épousez-le,

enroulez-vous autour de lui.

Pressez le bien n'hésitez pas,

sur le devant et le derrière vous appuierez.

De haut en bas vous irez, tantôt fort et tantôt léger.

Comment vous dire Marquise,

le bien que cela lui fait.

Au même moment mon cœur s'envole.

Sentez-vous son gland soyeux gorgé de sang?

Il luit sous les vêtements comme un serpent dans sa tanière.

Approchez approchez, il ne vous veut point de mal.

Donnez-lui un baiser il adore.

Léchez-le tout autour il en veut encore.

Voyez-vous maintenant ces bourses là-bas?

Ne vous tentent-elles point?

Approchez une main et entre elles et ma verge la refermez.

Ainsi vus les écartez et les maintenez.

À ainsi les étirer, plus de plaisir me donnerez.

Au même moment pourrez aller,

de l'autre main désœuvrée,

de bas en haut sur ma hampe

avec toute la vigueur qui vous hante.

Ô oui, Marquise, allez allez,

n'ayez peur de vous réfréner.

Agitez-le, frottez-le,

il vous aime à ainsi l'adorer.

Laissez le parler pour moi,

à cela il a moins d'émoi.

Laissez-le votre corps

pénétrer sans effort.

Laissez le votre âme

emporter dans sa manne

et ci-devant me la remettre,

afin que chaque jour je puisse vous mettre.

Comme il est doux qu'il puisse vous dire je t'aime.

Elle - Flammes de l'enfer

Souvenez-vous O scélérat que vous êtes, de cette rencontre dans cette chambre rougeoyante.

Alors que nous étions dans cette grande pièce chauffée par les flammes, vous vous êtes levé et

vous êtes allé vous poster derrière moi pour dégrafer lentement ma robe.

Vous avez embrassé ma nuque et j'ai frémi.

« Ne craignez rien, m'avez-vous dit, Monsieur M. est un galant homme. »

Vous avez fait glisser le tissu de ma robe pour dénuder entièrement mes épaules et faire apparaître le haut de mes seins.

« Madame, Monsieur m'avait évoqué votre beauté. Il ne m'avait pas menti.

Me permettez-vous de dénuder votre poitrine plus encore afin de pouvoir la contempler ? »

J'avais peur.

Vous avez vous-même fait descendre le tissu un peu plus bas pour me dénuder.

Votre ami, Monsieur M s'est approché de nous.

Il a posé ses deux mains sur mes seins et les a caressés tandis que vos mains serraient tendrement mes épaules.

Et puis, vous avez offert mon buste en avant, de sorte que votre ami n'ait plus qu'à poser ses lèvres brûlantes sur la pointe de mes seins, pour les sucer, les aspirer, les titiller de sa langue, tandis que tenue par vous, je haletais d'émotion et d'inquiétude.

« Regardez vos seins, Madame, je ne les ai jamais vus si

gonflés par les caresses ».

Il est vrai qu'ils avaient grossi entre les mains de votre ami. J'en ressentais un vif plaisir.

Avec ses dents, Monsieur M a saisi le tissu de ma robe et l'a tiré jusque sur mes reins, tandis que vous l'aidiez.

Ensuite, votre ami s'est agenouillé, comme vous, et il écarté mes cuisses de ses mains, tandis que vous écartiez mes fesses de vos doigts.

Monsieur M a embrassé ma fente et fouillé les moindres replis de sa langue.

Vous promeniez vos mains sur mes fesses.

Je ne pouvais m'empêcher de frémir.

Monsieur M s'est dévêtu tout en recommençant à exciter ma poitrine de ses savantes caresses.

Vous vous êtes également déshabillé.

Votre ami s'est enhardi : « Madame, je voudrais vous faire jouir d'abord avec ma langue et mes doigts, pour vous prendre ensuite en même temps que votre amant. L'un devant, l'autre derrière ».

Je sentais votre queue durcie dans mon dos...

Je n'attendais que vous, derrière, et lui devant.

Lui – offre-moi ceci

Chère Spectatrice,

Je voudrais vous livrer un récit vous narrant par le menu la manière dont j'aimerais me livrer à vous et à vos yeux.

Or donc nous étions à nouveau réunis dans un endroit charmant à souhait.

Nous aurions sans doute déjà débattu de la pluie et du beau temps, et ébattu comme il se doit de nos corps nus.

Pendant que vous prendriez quelques mets roboratifs ainsi qu'une coupe rafraîchissante, j'en profiterai pour vous délivrer une démonstration de masturbation masculine.

Entièrement nu bien entendu, je viendrais me placer un une distance respectueuse de vous, et ce afin que vous puissiez avoir une belle vue de tout mon corps.

Il ne faudra point de lumière trop crue ni qui vous éblouisse, mais bien assez quand même pour que vous puissiez distinguer les détails nécessaires à la chose..

Si la bête n'était point encore d'attaque, nous lui donnerions quelques ruades pour la ravigoter.

Cela se fait en gigotant du bassin afin de projeter l'engin dans toutes les directions, surtout sans le toucher des deux mains.

Ce faisant les mouvements et frottements vont œuvrer à ramener le sang dans les endroits adéquats et fortifier la verge de votre serviteur.

Dans tous les cas à ce stade lorsque l'érection la gagne, je vais continuer à me démener afin de faire tournoyer cette verge dans tous les sens.

Ainsi, de bas en haut ou de gauche à droite, mais à chaque fois elle claquera sur la peau de mon ventre ou de mes cuisses, ce qui rend l'exercice encore plus sonore.

Pendant cela, je me tournerai de profil pour que vous puissiez bien voir les mouvements rythmés de ce sexe érigé.

Puis, je me calmerai et face à vous, commencerai à me caresser le corps, les seins, les hanches et les fesses.

Mes mains reviendraient vers mon bas ventre et effleureraient mon membre et mes bourses.

Surtout à aucun moment je ne malaxe ces dernières, attentif à sentir leur peau se rétracter, et ce faisant, repoussant les testicules dans mon bas ventre.

L'impression au toucher de la peau des bourses à ce moment est très agréable.

Je frôlerais mon sexe d'abord de bas en haut, le prendrai dans un fuseau fait de mes mains incurvées, afin d'augmenter la surface de contact.

Une main frottera donc ma hampe du bas vers le haut, immédiatement suivie de l'autre dans le même geste.

Cela procure une suite ininterrompue de caresses, allant toutes de bas en haut, sans presser, juste en caressant.

Pendant ce temps, je balance mon corps et me penche en arrière pour de lui aussi en avoir du plaisir..

Ensuite, je vais changer de mouvement. Cette fois-ci, je ferme ma main autour d'une verge virtuelle, faisant un

O avec le pouce et l'index, et m'active à la poser sur mon gland et la descendre jusqu'à la base de ma hampe, en serrant juste ce qu'il faut. À peine cette main arrivée à mi-hauteur que la deuxième s'affaire déjà pour la suivre sur le même chemin.

Je fais ainsi de suite pendant quelques instants.

Pour cette opération et la précédente, à aucun moment je ne modifie la position de ma queue. Elle reste dans la position anatomique de l'érection. À ce moment, elle sera plus ou moins verticale, aidée par l'inclinaison de mon bassin.

Ensuite, je vais commencer à me masturber de manière plus classique, mais je vais alors commencer à bouger et à changer la position de mon pénis. Je vais me déplacer, marcher dans la pièce tout en me masturbant de la main droite, faisant des aller-retour sur ma hampe, serrant celle-ci judicieusement comme il se doit. Je ferai attention à ce que mon sexe te soit toujours visible et ostensiblement présenté. Me rapprochant parfois de toi afin de mieux me rendre présent.

Mon rythme de masturbation sera normal, sans plus. Parfois je me tournerai pour te montrer mes fesses, parfois je me pencherai en avant, toujours tourné, et basculerai mon sexe vers le bas ou même l'arrière pour te le montrer dans mon entrejambe.

J'agiterai mon sexe dans tous les sens et mon corps s'articulera au même rythme dans des positions tantôt indécentes, tantôt provocatrices.

Par après, je vais changer de rythme, et accélérer mes mouvements de masturbation au plus vite que je peux.

Je trouve excitant à ce moment de pouvoir générer des bruits de peaux, comme la peau de ma hampe qui heurte mon gland.

Il est important pour moi de vous faire entendre ce bruit qui participe à la notion d'exhibition.

En gardant ce rythme, je continue bien entendu à bouger et à me bouger dans tous les sens, tantôt plaçant un pied sur le bord du canapé, afin de mieux montrer derrière mes bourses le pli de mes fesses naissant près de mon scrotum. Parfois je viendrai au-dessus de vous, montant sur ce même canapé, afin de vous offrir une vue du dessous de mes parties intimes. Il se peut que je me rapproche même de votre figure, très jolie par ailleurs, et que j'agite devant vos yeux mon gland tout gonflé, tout en continuant à me masturber violemment.

À d'autres moments je m'appuie de dos contre le mur, me cambre, m'arque, me plie, et dans tous les cas, m'offre à vous sans vergogne dans ces positions qui ne sont que des moyens habiles de vous montrer mon sexe en activité.

À ce stade en général, vient un moment où je jouit, mais pour vous ma chère, j'ai une option que j'aimerais vous proposer.

Pendant mes exercices visuels et physiques, je vous proposerais de vous présenter sur le canapé, tantôt assise ou même affalée, les jambes écartées, et qu'au gré de mes déplacements, je vienne en vous m'empaler, et ce à chaque fois que l'envie m'en prendra.

À d'autres moments vous vous tournerez et votre croupe présenterez, et de même, à l'envie, par derrière vous pénétrerai.

Ces pénétrations seront de courtes durées, mais d'autant plus nombreuses.

Je ne sais si l'harmonie pourrai préserver, mais de ceci j'en ai rêvé.

Que pensez-vous ma mie de ces idées présentées?

Je n'ai point oublié que vous seriez occupée à vous rafraîchir le gosier et remplir l'estomac, mais de cela je n'en serai point gêné pour par surprise vous pénétrer.

À vous lire, belle donzelle dont j'aime la vue, et je dirais même plus, les vues que vos dessous nous offrent délicieusement et si souvent.

Tout ceci je le dis, dans mes pensées je le vis.

Ton Être nu, un syllabus sous le bras.

Lui - Ô bite, suspends ton mouvement!

Chère Toi,

Oui, il faisait bigrement froid aujourd'hui.

Je zigzaguais dans la rue à la recherche des zones ensoleillées.

Je me prépare bien entendu à plonger sous les eaux pendant une longue semaine, ne refaisant surface que pour prendre un peu de cet air qui nous est nécessaire.

Ne sois pas pudique, je t'en prie.

Continue à m'abreuver de tes penses lubriques comme tu sais si bien le faire.

Les commentaires à tes réponses sont encore plus évasifs et incertains que la direction indiquée par une girouette les jours de tempête.

Mes questions n'étaient certainement pas des questions existentialistes ou des remords, que du contraire.

C'étaient des élans philosophiques, sans plus.

Je ne me pose pas du tout de problème de conscience sur les limites que nous posons à nos actes.

J'aimerais que tu sois convaincue que les miennes sont plus loin que les tiennes, et que tu as donc encore de la marge pour t'avancer dans ce terrain inconnu ou chaque ombre peut cacher une nouvelle source de plaisir.

Je t'embrasse

Elle - Plaisirs de femmes

Cher Toi de la jungle,

Tu m'envoies de bien belles histoires et je tenterai de te rendre la pareille.

Tu vas me honnir, je tombe de sommeil et je m'en vais rejoindre mon lit dans lequel je me complais.

J'imaginerai tes lèvres, tes mains qui parcourent mon corps et puis ta queue tendue contre ma peau.

Il y aura de l'huile qui fera glisser nos corps dans une sensualité sans limites.

Il y aura mon désir de te donner du plaisir et de subir tes fantaisies inconnues.

Et puis il y aura le sommeil et puis sept jours avant de donner vie à ces divagations libertines.

Un baiser, mille baisers... et une pipe,

Lui - Alors contente de tes joujoux?

Chère et tendre,

Ton sourire désarmant berce mes songes et pensées diverses, qui se rependent comme des nuages sur un paysage de dunes dorées.

Ton audace érotique me fait fondre de plaisir.

Que tu m'appelles Toy Boy me fait plaisir. Je te l'ai dit, je suis là pour cela, c'est mon rôle sur Terre.

Le lieu n'était effectivement pas idéal pour se rouler dans les canapés ou te détrousser manu militari.

Il y avait dans le temps un café dans le haut de la ville où ce genre de chose était permis.

À table je pensais tout le temps à glisser mes mains dans ton corsage, et si d'aventure nous eussions eu un escalier à monter, j'aurais certainement pu découvrir que tu n'en avais pas (je ne parle pas de l'escalier).

C'est gai de pouvoir se parler comme cela. J'aime me découvrir à toi sans pudeur, autant que j'aime ta non-pudeur (et non pas ton impudeur).

Lundi je veux encore te voir t'exposer à moi sous toutes les coutures (c'est aussi le cas de le dire avec toi), et aussi que tu me recouvres de ton corps, que je devienne ton huile essentielle dont tu t'enduiras jusque dans les endroits les plus profonds.

Tiens-toi aussi prête à m'inonder, j'aime et je veux explorer ces plaisirs nouveaux.

Passe une bonne soirée.

Merci encore pour tout, toi, ton espièglerie, ta nudité et ton sourire.

Ton conquis

Lui - Quand le monde se déchire en deux.

Oyez Oyez, braves gens,

De tout temps, il a été possible de diviser la populace en deux parties. Les dominants et les soumis, les minces et les gros, etc...

Nous parlerons ici d'une division dont on parle moins souvent, qui est celle de ceux qui veulent être inondés par Vénus et de ceux qui ne le veulent point.

Le facteur limite au droit de la surface de tension entre ces deux mondes séparés et déterminés par la position de Vénus au moment où elle s'approche.

Elle ne peut être trop éloignée, ni trop proche. On dira que la position idéale est quand son élongation est maximale. C'est la position qui lui donne la plus grande magnitude. Dit autrement, il faut qu'elle soit assez proche, mais qu'elle ne bloque pas la lumière.

Le but est qu'elle puisse donc être observée à loisir dans les meilleures conditions d'éclairement.

Ce n'est pas toujours facile, certains voudraient s'en rapprocher, au risque de tomber dans les ténèbres et de ne plus pouvoir jouir du spectacle.

Ce spectacle a toujours fasciné les hommes, ainsi que certaines femmes d'ailleurs.

Il paraît que Vénus diffuse une onde (une ondée en vieux latin) très spéciale, qui a une action envoûtante sur ceux qui la reçoivent.

Les particules émises doivent être animées d'un mouvement spécifique qui, comme une huile essentielle pénètre la peau d'un individu, pénètre ici son âme et, comment pourrait-on dire, ... l'ensorcelle en quelque sorte.

La trajectoire de Vénus peut faire qu'elle se déplace autour de l'observateur et peut adopter diverses positions. Quand elle est au zénith, elle inondera de préférence par le dessus. Elle pourrait être au nadir, mais la gravité ferait en sorte que si les particules émises avaient un poids elle s'inonderait elle-même.

Elle peut se trouver au levé ou au couché, et dans ces cas inondera des points particuliers en fonction de la disposition des obstacles sur la ligne de crête.

Ainsi, on pourra au choix, comme cela se faisait du temps de mégalithes, se déplacer pour que l'onde tombe sur tel ou tel endroit bien précis, en fonction des goûts *et de l'effet recherché.*

Certains voudront aussi honorer Vénus et lui rendre hommage comme elle leur rend hommage.

On dira qu'il y a hommage mutuel, ces hommages pouvant être synchrones ou asynchrones, en fonction des pratiques, des goûts et des disponibilités.

Ceci est bien entendu une présentation astrologique du phénomène.

Nous pensons savoir qu'une récente étude sociologique vient d'être terminée et que vous allez en recevoir un exemplaire très bientôt.

Oyez Oyez Bonnes gens, dormez bien. Il fait nuit, tout est calme.

Bises astronomiques.

(je vais donc te fournir une version plus crue pour le dessert....)

Lui - Ôde à la déesse Inanna

Chère Déesse,

Or donc l'autre jour, juste après mon réveil, je m'en étais allé prier devant votre autel où trônait votre statue.

Par le vitrail aménagé dans le mur Est de la tour, seule la noirceur de la nuit montrait son visage.

Mais voilà que le moment opportun était venu pour votre astre de se lever à l'horizon, et ses rayons bleutés au travers du vitrail darder.

Je n'y fis au début point attention, car je tournais le dos à cette ouverture.

Au fur et à mesure que votre astre se montrait, la lumière bleutée illuminait de plus en plus la pénombre dans laquelle je priais.

Alors votre statue sur l'autel d'une blancheur immaculée devint bleue et comme animée.

Je vous vis faire quelques petits mouvements, puis à ma stupéfaction, descendre de votre autel. En sautant sur le sol, votre taille devint celle d'une vraie personne.

Vos ailes avaient disparu dans la transformation, et vous vous trouviez quasi nue devant moi, baignée de cette lumière bleutée enchanteresse.

Mais ce que je ne savais pas, c'était que vous vous reteniez de faire votre petite commission depuis plusieurs centaines d'années, et qu'il vous tardait de vous en soulager.

Vous me parliez, et je vous entendais comme au travers d'un brouillard. La scène paraissait irréelle. Vous dansiez autour de moi, vous déhanchant lascivement, passant vos mains sur mon corps, tâtant la bosse que faisait mon sexe sous le tissu qui m'habillait.

Au début, je fus pris d'une peur inexplicable, et je vous dis de ne pas m'approcher. Brandissant ma canne comme pas menace, vous vous jetâmes à mes pieds. C'est à ce moment que vous vous êtes soulagée pour la première fois.

Je vous dis, comprenant ce que vous veniez de faire, qu'il était certes bon de ne pas se réfréner, mais qu'il était dommage de ce précieux liquide gaspiller.

Vous fîtes alors apparaître une trappe et un trou dans le plancher, dans lequel vous me demandâmes de m'y glisser.

Quelle ne fut ma surprise en sortant ma tête par le trou de vous y voir toute apprêtée.

Je n'eus que le temps d'ouvrir ma bouche, pour y recevoir votre liquide doré.

Qu'il était bon de vous voir ainsi vous offrir et m'offrir, et moi vous recevoir, vous boire à la source de votre bien que vous acceptiez de me donner en gage d'amour.

Après ce plaisir divin, nous nous enduisîmes d'huiles essentielles, et nous fîmes quelques joutes de corps et de membres si gais pour nos âmes.

Nos doigts, nos mains et mon membre se glissaient partout où ils le pouvaient. Nous jouions comme des enfants à découvrir nos corps et leurs possibilités étonnantes. J'adorais voir votre petit doigt s'insinuer dans mon méat, autant que ma main se mourrait de se lover dans votre fondement.

Nos langues n'étaient pas de reste, et nous ne fûmes repus de ces jeux que quand nos figures fûmes entièrement enduites de nos salives respectives.

Sur le chemin de nos ablutions, vous me fîtes encore une passade surprise, quand, sans crier gare et sans vous retourner, vous me gâtâmes encore d'un ultime jet de votre urine. Ah, que la vue de votre croupe me sublime, si vous saviez comme j'ai hâte de m'y enfoncer et de vous la défoncer!

De bonheur, je ne pus de mon côté me retenir, et me libérai tout aussitôt, devant vous et heureux de pouvoir vous montrer ma verge tendue émettre ce jet doré.

Nous prîmes tous deux une douche, en en profitant pour parfaire la plasticité et la souplesse de mes sphincters anaux.

Tout le temps et la patience qu'il fallait, vous les avez pris, introduisant précautionneusement un doigt, puis deux, puis trois dans mon anus étroit.

J'insistais pour que vous en mettiez plus, et finalement après avoir introduit chaque bout de vos 5 doigts, je pris votre poignet fermement et d'une subite traction m'introduit le tout. Que c'était bon de vous sentir ainsi en moi. Nous nous embrassâmes longuement ainsi, collés l'un contre l'autre, votre main emprisonnée faisant de lents mouvements de rotation et quelques va *et viens téméraires.*

Mais quelqu'un frappa à notre porte, et à moitié rhabillés nous allâmes mander qui diantre était là.

C'était en fait la jeune dame de l'accueil, qui d'ouïe nous avons deviné, et compris à nos bruits à quoi nous nous amusions.

Elle prétendit vouloir se joindre à nous, ou tout le moins nous montrer qu'elle aimait nos jeux.

Elle vous demanda de la maintenir sur le guéridon, et après quelques ondulations, gémissements de sa part et caresses diverses de ta part, nous gratifia d'un jet artistique du plus bel effet.

Ce fut dit ce fut fait, et pour la remercier j'introduisis mon sexe dans son petit trou qu'elle nous offrait. Par ailleurs, pendant que tu lui présentais ton con juste situé à hauteur de sa bouche nous pûmes ainsi nous aussi nous embrasser à satiété et commencer une danse à trois rythmée et réalisant une boucle parfaite, moi l'enculant, elle te suçant le clitoris, et nous deux nous embrassant goulûment

Ainsi imbriqués tous les trois, nous restâmes longuement à sentir une onde de plaisir nous parcourir les corps excités, repus, enflammés, sans plus aucun tabou.

Puis, le soleil rentra dans mon alcôve, chassant la lumière de Vénus, tu regagnas ton autel, minuscule statuette immobile, l'hôtesse disparue comme elle était venue, et comme souvenir je ne pouvais que contempler cette petite flaque humide sur le sol à mes pieds....

Voilà très Chère le récit que j'ai trouvé dans un recoin de mon cerveau, coincé entre deux fantasmes et un pot de vaseline.

Moi que te veut du bien

Lui - De loin des voix me chantent des suppliques

Subtile et aguichante,

J'aime t'écrire tout ce que j'écris.

Bien entendu, mon esprit oscille toujours entre la pudeur, la retenue, et le plongeon dans la vérité de mon subconscient sans tabou.

J'ai bon à te montrer des choses que j'aime ou que je trouve belles.

Il y en a encore d'autres qui plus simplement m'excitent.

J'adore le fait que tu sois si classe et que je puisse te dire et te montrer autant de choses si osées.

Je voudrais une réplique de mon pénis t'offrir en vérité.

De tout moi il en serait la réplique, vivant, palpitant, veiné de sang et se gonflant sous tes attouchements.

Celui-là tu garderais dans ton sac à main.

Au conseil d'entreprise, ta main égarerais, la glissant discrètement dans ton sac, et mon membre trouverait.

En secret tu me caresserais, et doucement je banderais..

Tes doigts en chœur m'empoigneraient et fermement tu m'étreindrais.

Au moment de voter, juste avant de lever ta main, en petits jets je jouirais.

Voici comment près de toi j'aimerais me complaire.

Le sexe qui parle....

Elle - Solitude que l'on voudra bénéfique... à défaut d'autre chose...

Cher Toi,

Ainsi donc, j'apprends à l'instant que je serai seule ce soir... ce n'était pas prévu au programme, mais je tenterai de m'en accommoder.
Que vais-je faire ?
Essayer des nouvelles lingeries ?
Quelques soieries douces sur la peau et sur lesquelles les doigts de l'amant glissent sans fin à la recherche de la peau ?
Vais-je tenter d'expérimenter des objets voués aux plaisirs, dans la solitude de mes draps ?
Mais je n'ai rien envie de tout cela...
Je préférerai que tu sois devant moi dans ta nudité qui te va si bien.
Te regarder.
T'observer.
Te détailler.
Te scruter.
T'appeler.
T'aguicher.
T'attirer.
Te plaire.
Te toucher.
T'envelopper.
Te baiser.

T'embrasser.
Te lécher.
Te caresser.
Te gober.
Te faire bander.
Te baiser.
T'enculer.
T'inonder.
Te sucer.
Te faire jouir.

Elle - Faut-il aller au bout de ses fantasmes ?

Cher Toi,
Autant mettre en titre une question sans réponse.
Tu serais mon plat de cuisine thaïe épicée et savoureuse
à souhait dans un univers de plats chinois sans trop de
saveur.
Tu serais donc un peu ou très dangereux.
Voici une réflexion matinale, mais néanmoins emplie de
sens.
Je ne cesse de penser à nos rencontres sexuelles passées
ou futures (s?).
Je me réjouis de(s) future(s).
Tandis que celles passées me font prendre la mesure de
ta saveur.
Me voici donc impatiente d'être encore une fois dans
une chambre (je ferme les yeux et j'y suis et je pense à
ceci :
La très-chère était nue, et, connaissant mon cœur,
Elle n'avait gardé que ses bijoux sonores,
Dont le riche attirail lui donnait l'air vainqueur
Qu'ont dans leurs jours heureux les esclaves des Mores.
Quand il jette en dansant son bruit vif et moqueur,
Ce monde rayonnant de métal et de pierre
Me ravit en extase, et j'aime à la fureur
Les choses où le son se mêle à la lumière.
Elle était donc couchée et se laissait aimer,
Et du haut du divan elle souriait d'aise

À mon amour profond et doux comme la mer,
Qui vers elle montait comme vers sa falaise.
Les yeux fixés sur moi comme un tigre dompté,
D'un air vague et rêveur elle essayait des poses,
Et la candeur unie à la lubricité
Donnait un charme neuf à ses métamorphoses ;
Et son bras et sa jambe, et sa cuisse et ses reins,
Polis comme de l'huile, onduleux comme un cygne,
Passaient devant mes yeux clairvoyants et sereins ;
Et son ventre et ses seins, ces grappes de ma vigne,
S'avançaient, plus câlins que les Anges du mal,
Pour troubler le repos où mon âme était mise,
Et pour la déranger du rocher de cristal
Où, calme et solitaire, elle s'était assise.
Je croyais voir unis par un nouveau dessin
Les hanches de l'Antiope au buste d'un imberbe,
Tant sa taille faisait ressortir son bassin.
Sur ce teint fauve et brun le fard était superbe !
— Et la lampe s'étant résignée à mourir,
Comme le foyer seul illuminait la chambre,
Chaque fois qu'il poussait un flamboyant soupir,
Il inondait de sang cette peau couleur d'ambre !
Yves Montant chante met très joliment en musique ce
poème de Baudelaire.
Me voici à t'attendre).
Ta très désirante.

117

Lui - Certes non!

Très cultivée,

Je n'ai jamais lu "Les Fleurs du Mal".

En fait la poésie me trouble. Je ne sais qu'en penser.

Je n'en écris ni n'en lis.

Avec toi je la vis.

Tu nous demandes que faire de nos fantasmes,

Y penser, en parler, les regarder ou les vivre,

Voilà 4 choix bien épineux.

Je dirais que les 3 premiers se peuvent sans risque,

pour autant qu'on respecte la chair.

Le quatrième se veut plus délicat,

car on risque de s'y perdre ou même de tout perdre.

Ce qui germe dans notre cerveau

est le résultat de nos lectures, de notre passé.

Un amalgame de "La Grande Bouffe", "Les mille et une nuits", "Caligula", "Amarcord" et d'autres films de cet acabit

As-tu vu "Salo ou 120 jours de Sodome" de Pasolini?

Le film est assez lent, mais certaines scènes sont très intéressantes.

Le livre par contre va très loin et se termine d'ailleurs par la mort de quasi tous les intervenants.

Je ne sais plus où je l'ai mis. Je dois l'avoir donné.

C'est un bon support à la discussion sur les fantasmes utlimes.

À ce propos, tu n'as pas rempli la carte des fantasmes dont je t'avais envoyé le lien.

Elle permet de placer des épingles de couleur, en faisant la distinction entre ce qu'on veut faire et ce qu'on aime, mais ne fera pas.

N'hésite point à me parler de ce que tu aimerais faire, voir ou discourir.

Mes oreilles n'ont de chaste que leur allure, mais point leur perméabilité,

qui laisse passer à peu près toutes les horreurs aptes à faire s'encourir de bonnes sœurs.

Très Chère, je te souhaite un bon week-end.

Ne prends pas froid et manger léger à partir de dimanche soir, mais ne te prive pas de boire.

Ton Fantasme-Toy

Lui - Contes et légendes

Chère Toi, ma mie préférée,

Où donc ai-je la tête que pour croire que tu puisses trouver de l'intérêt à usiner ta carte des fantasmes!

Bien entendu j'aurais dû savoir qu'il me fallait juste tout cocher sauf le mauvais goût pour connaître tes désirs.

Suis-je bête!

Je ne connaissais pas la Carte du Tendre. Tu m'apprends là quelque chose. Honte à moi.

A propos de honte, pourrais-je encore t'utiliser selon mes humeurs en te faisant te montrer sous mes yeux esbaudis?

Je crois que je vais devoir te faire monter sur le meuble de la télévision. Oui, je te verrais bien là quelques instants, le temps que je m'imprègne de la vue imprenable. Il est clair que voir une femme en contre-plongé offre quelques avantages, encore faut-il que cela se fasse dans les meilleures conditions.

Tu me parles de chaleur érotique, de morsures

sanglantes, ouah! ça chauffe!

Et moi, si je te mords trop fort, si l'envie m'en prenait, n'aurais-tu point quelque explication à donner à ton compagnon?

Car il se peut que je jouisse de te mordre la fesse. Qui sait?

Et te battre avec moi, y as-tu déjà pensé?

T'es-tu déjà battue avec un homme, pour le plaisir ou avant le plaisir?

Si en plus nous sommes oints d'huile essentielle, cela pourrait se changer en délice.

Tu me parles bien de se mélanger dans la sueur de l'amour....

Bienvenue chez toi, bonsoir ou bonjour. Passons un bon dimanche.

Je t'embrasse et essaye d'aspirer tout un de tes seins dans ma bouche, mais je pense que cela ne va pas aller.

De dépit, j'engloutis ton sexe et le fouille de ma langue.

Tu prends ma tête et la presse de toutes tes forces contre toi.

Tu la fais bouger et diriges mon nez sur ton clitoris.

Tu tournes ma tête, la montes et la descends, tu ahanes...

Tu agrippes mes cheveux et te sers de ma tête comme d'un gode.

Mes cheveux me font mal, mon nez est écrasé, tordu, mais je t'entends prendre ton pied et j'en ai du plaisir.

Le rythme s'accélère et bientôt tu m'inondes de ton orgasme dans un cri déchirant.

Tu relèves ma tête et m'embrasses doucement, tes bras encore tremblotants m'étreignent.

Tes soupirs n'en finissent plus.

Mes mains se lovent sur tes fesses et se glissent entre elles pour y trouver un royaume humide où elles ont bons à se poser pour tout oublier.

Elle - Petite leçon de vie et réification

Ingénu,

Les caresses n'avaient strictement rien de novateur et mon compagnon n'était pas à côté de moi... il était dans moi.
Voilà qui va répondre à tes interrogations oiseuses.
T'ai-je déjà écrit que j'aime l'espace de quelques instants devenir une chose aux mains d'un homme ?
Avoir les mains liées (comme ce matin) et être un objet de plaisir, de soumission, dévolu aux délices de son amant sans pouvoir le toucher de mes mains.
Être touchée et regardée, caressée, embrassée, utilisée... pour ne devenir que désir...
Je vais t'écrire quelques lignes à ce sujet.
Je m'en vais terminer la cuisson du poulet à la mwanbe... que nous allons manger après les premières minutes du départ du grand prix... que vous regardez décidément tous...
Ta cuisinière

Lui - Question de gigot plutôt que de poulet

Ma très chère,

Il ne me faut qu'un battement de cil de vous pour que je vous ligote ou vous saucissonne comme un vulgaire gigot dans lequel je n'aurais de cesse de mordre ou qu'à défaut je lècherais à satiété.

À moins que craintif d'une cuisson imparfaite, je n'aille de ma pique en vérifier sa température interne….

Que le monde est grand pour ainsi nous offrir autant de sources de plaisir….

Osons-nous régaler d'autant de liberté.

Remarque, on attache aussi les pattes du poulet…

Bises à Toi qui es adorable.

J'ai hâte de te revoir et de jouir de toi par tous les pores.

Ton coquin

Elle - Testa Rossa

Vous ne serez, Mon Très Cher Ami, qu'effleurements et je me laisserai effeuiller.

Je me laisserai dévêtir par vous... comme à chaque fois ces retrouvailles me sembleront étranges et notre rendez-vous précédent très lointain.

Vous ne pourrez toucher que mes vêtements, ma peau devra encore patienter avant de reconnaître la pulpe de vos doigts, ma peau se contentera et s'exacerbera à la caresse des étoffes que vous ferez doucement glisser tandis que je tenterai d'en jouir et d'oublier la timidité qui s'empare toujours de moi à chacune de nos rencontres.

Vous savez maintenant où s'arrête le déshabillage, j'aime conserver quelques barrières entre vous et moi, entre moi et vous.

Sera-ce ces dentelles noires ou ce satin crème ? Je ne le sais encore, peut-être encore de la soie opaque pour cacher de façon faussement pudibonde, les formes que je vous demanderai plus tard d'empoigner.

Et je deviendrai votre chose.

Je vous obéirai, à condition que vous me serviez une flûte de champagne qui permet de donner une contenance même dans les cocktails les plus mondains.

Vous m'inviterez à m'asseoir. Je m'assoirai.

Vous me guiderez afin que je sois dans la pose qui vous agrée.

Vous pourrez alors m'effleurer... sauf mon sexe.

Vous m'ordonnerez de vous regarder tandis qu'à votre tour vous vous dépouillerez de tous vos vêtements et puis vous ferez monter le désir de vous en moi... de moi en vous.

...

Elle - Ferrari

... vous voir ainsi, la bite en avant me comblera certainement.

Ce ne seront pas mes mains emprisonnées dans un foulard qui m'empêcheront de venir à vous, de venir à genoux, du bout de la langue parcourir votre membre indécent.

J'adorerai qu'à chaque contact il tressaute.

J'adorerai que chaque emprisonnement dans mes lèvres vous arrache un soupir.

J'adorerai que peut-être vous me repoussiez pour retarder encore le moment où nos corps se rejoindront. Je tenterai pourtant de venir me coller contre vous, vous caresser de mes joues et de mes épaules, tandis que ma chatte inondée sera assoiffée de vous, que mes seins emprisonnés encore chercheront la geôle de vos mains.

...

Lui – Ferrari

Ma chère et tendre,

Savez-vous pourquoi vous m'avez nommé vos derniers emails de Ferrari testa Rossa ?

Est-ce la conjonction du grand prix et de son équipe gagnante ou autre chose? Je vous demande cela pour une raison bien précise.

Je viens de recevoir un email titré F40, référant la même marque automobile, à deux minutes du vôtre.

Et suivant celui intitulé testa Rossa, un autre email de la même personne contenant le nom de Testa Rossa.

Vous me donnez plein d'idées et voilà que je ne saurai plus où mettre la tête pour faire rentrer tout cela dans notre agenda déjà serré, car la session inexpugnable sera et reste celle du bonheur avant celle du plaisir.

J'avoue que l'idée de vous donner avec parcimonie accès à mon sexe par vote bouche me plaît particulièrement.

Ainsi, je vous banderais les yeux et vous lierais les mains. Vous seriez assise et votre bouche à portée de mon sexe.

Je vous approcherais doucement et vous effleurerais de mon gland.

A chaque fois qu'il viendrait près de votre bouche, il serait de votre devoir de l'embrasser, de le lécher et de l'enfourner pour que je puisse l'enfoncer profondément en vous.

Plus tard, je serais debout, immobile, et vous auriez la permission de vous lever pour m'approcher.

Toujours les mains nouées derrière le dos, vous auriez le choix de me toucher de votre corps et de votre face, où cela vous semblerait bon, mais si d'aventure il m'en prenait l'envie, je vous repousserais pour quelques instants.

Est-ce ainsi que je devais le comprendre?

Est-ce vous qui donc aimez être bloquée entre les soupirs et les caresses, pour mieux sentir le désir monter en vous?

D'une chose en tout cas je suis sûr, c'est qu'indécent mon membre sera avec grand plaisir.

Moi t'offrant la vue de son sexe en time sharing, 1 fois toutes les deux semaines, frais en sus.

1 jour en plus tous les 4 ans à cause des années bissextiles.

Elle - "Mes nuits sont plus belles que vos jours"

Oh Toi,

Tu laisses tant de traces dans mon corps et dans ma peau que je ne cesse de te chercher durant la nuit pour encore être contre toi.

Tu réveilles tellement ces sensations que je pensais perdues tel que le désir de se fondre dans l'autre, l'envie de n'être plus qu'un, comme une véritable fusion physique.

Le plaisir infini qui réduit presque toutes les barrières et les réserves à néant.

L'envie de griffer ou de mordre comme moyen d'expression de tant d'étoiles scintillantes qui traversent le corps.

La complicité infinie.

J'ai soif de te donner autant de plaisir que tu m'en donnes.

Je t'aime pour tout cela (ce qui peut se dire dans les douches et dans les mails)

Lui - Il y a des jours ... et des lunes.

Amour,

La douceur de tes regards, les abîmes dans lesquels ils me plongent n'ont d'égal que la tendresse et le bien-être ressenti à tes côtés. Si la raideur n'était pas au rendez-vous, la douceur commune et la ferveur de te caresser y était, et pour moi c'était déjà comme je l'ai dit du pur bonheur.

Quand je suis rentré chez moi, j'ai essayé de me caresser et n'ai pas eu facile non plus. On va mettre cela sur le compte des astres.

Ton message me fait plaisir, et j'ai déjà envie de te revoir pour continuer dans les voies dont tu parles.

J'espère que je ne t'ai pas fait mal. J'espère vraiment, car je compte continuer. C'est trop bon et toi, tu es trop géniale.

Homme au chocolat...

Bises TRES profondes.

Elle – Merlin

Tu serais mon enchanteur ?

Tu m'apportes une bombe qui va peut-être m'aider à résoudre un problème technique... et puis voilà que ce matin, je découvre une commande importante sur mon site des Fées.
Tu es donc l'enchanteur de mon Jardin et l'enchanteur de mon corps et c'est très bien comme ça.
Tout à l'heure, en sortant de l'école de mon fils où je m'étais rendue à une réunion de parents, je suis passée devant un beau restaurant nom évocateur et je m'y verrais bien avec toi et puis. Puis je suis passée devant un autre ayant une belle façade où l'on pourrait aussi aller ensemble... finalement, on pourrait aller ensemble dans tous.
Je m'amuse bien avec toi.
Le système de bourse dont tu m'as parlé hier m'intéresse : je voudrais momentanément pouvoir gagner un peu d'argent sans effort (on remisera momentanément aussi tout l'aspect éthique de la chose).
Pourrais-tu m'expliquer ? ... encore que s'il suffisait de suivre un petit mode d'emploi, comme le copain de ta fille, j'imagine que ça se saurait, non ?
J'ai un peu sommeil, je m'en vais aller lire au lit et puis j'éteindrai et je tenterai en pensée de revenir vingt-quatre heures en arrière pour rejoindre le nuage de bonheur sur lequel nous étions.

Je t'embrasse comme on aime...
Moi toujours abasourdie de trouver tant de volupté dans
les chambres rouges

Lui – Au Château

Chère recrue,

Nous vous remercions de faire confiance en notre confrérie des Maîtres de la Lumière.

Grâce à votre inscription, vous allez pouvoir participer à nos réunions mensuelles.

Comme nous vous l'avions annoncé, votre engagement va débuter par une série d'épreuves, épreuves aptes à démontrer votre volonté à nous accompagner dans notre quête.

Lors de la prochaine réunion, vous veillerez à vous présenter à l'heure au Château du Roc, vêtue d'un bustier et d'une cape.

Vous serez invitée à vous rendre dans le salon où seront déjà les autres membres.

Ceux-ci formeront un cercle autour de vous.

Vous serez introduite par le Maître, et devrez ensuite vous présenter vous-même.

Avant de parler, on vous prendre votre cape et vous resterez ainsi, nue vêtue de votre bustier.

Vous devrez ainsi donner votre nom, et expliquer la

raison de votre ralliement à notre groupe.

Certains membres pourront vous poser des questions et vous devrez y répondre du mieux que vous le pourrez.

Vous serez ensuite invitée à monter sur un présentoir tournant. Vous y resterez debout, les bras croisés dans le dos.

Là, vous devrez indiquer les pratiques que vous aimez, sans nous en cacher, et en ôtant toute pudeur à vos dires.

Des boissons et amuses gueules seront servis dans la salle pendant que les membres viendront vous regarder de plus près.

Pendant ce moment vous ne pouvez plus parler ni bouger.

Viendra ensuite la première épreuve.

Vous devrez choisir un homme dans l'assistance. Vous irez vous mettre à quatre pattes sur une table basse, et l'homme choisi viendra vous pénétrer par derrière, lentement, sans brusquer.

Cette épreuve est destinée à voir si vous êtes vraiment

décidée nous rejoindre.

Au cas où vous commenceriez à minauder, vous seriez irrémédiablement reconduite à la porte séance tenante.

Lorsque cette épreuve est passée avec succès, on vous enjoindra à choisir une femme, et devant nous, l'embrasser et lui faire une minette. Elle restera debout et vous devrez vous agenouiller. Une fois satisfaite de vos services, elle se tournera et vous devrez lui faire une feuille de rose bien profonde. Elle nous confirmera votre dévouement que nous espérons sincère.

Vous serez alors libérée de votre bustier, et devrez alors nous servir le champagne rosé à chacun. Quand tout le monde aura été servi, vous devrez vous approcher d'un buffet et vous appuyer dessus des deux mains, offrant en vous abaissant votre arrière à la vue des invités. Cette position sera celle dans laquelle vous subirez les coups de canne et de fouet. À aucun moment vous ne pourrez gémir et encore moins crier.

Après avoir reçu 20 coups de chacun sur vos fesses d'albâtre et que celles-ci seront devenues rouges et striées comme le marbre de Carrare, vous serez attachée à une croix de Saint-André, placée à côté de l'âtre du feu. Les flammes se refléteront sur votre peau et vous serez symboliquement mises au bûcher, mais ne craignez rien, ce n'est qu'un rappel du traitement qu'on réservait dans le temps aux hérétiques comme nous.

Une femme viendra vous placer des pinces au sexe, et ensuite des poids, tandis qu'une autre viendra vous ligoter les seins.

Vous devrez rester ainsi pendant plusieurs minutes, à nouveau offerte à tous pendant que les hôtes discutent ou vous examinent.

Ensuite, le Maître s'approchera de vous, vous libérera et vos ménera à nouveau sur le présentoir et les autres se regrouperont autour de vous.

Il vous sera demandé que vous confirmiez votre engagement à rejoindre notre confrérie.

Vous devrez dire à haute voix les traitements que vous avez subis, et les commenter en bien ou en mal afin que tous sachent quels sont vos goûts.

- *Avez-vous aimé être enculée ?*

- *Avez-vous aimé embrasser une femme ?*

- *Avez-vous aimé le sexe de cette femme ?*

- *Avez-vous aimé lui embrasser le cul ?*

- *Avez-vous aimé être fouettée ?*

- *Avez-vous aimé être bondagée ?*

- *Avez-vous aimé être regardée ?*

Vous devrez alors donner le serment de ne jamais parler de nos réunions en dehors de notre groupe, sous peine d'en être chassée.

Vous pourrez enfin vous vêtir comme vous l'aimez bien et vous joindre à la soirée comme tous les autres membres.

Le Maître de la Lumière.

Elle - Amants de l'ombre

Certes, dès les heures qui viennent (mais non, elles sont déjà venues), il me tardera de vous retrouver.

Comme si le temps à mesurer ne serait plus que celui qui nous sépare.

Comme si toute distance se résumait à celle qui nous éloigne l'un de l'autre.

Allons donc nous laisser envahir par l'impatience ?

De façon paradoxale, il me semble difficile décrire par le menu vos caresses et vos baisers, il me reste juste cette sensation d'avoir été noyée dans un océan de bonheur et de volupté.

Comme ces gorgées de champagne qui nous désaltèrent, comme ces bouchées succulentes qui nous nourrissent, comme la lumière douce et tamisée qui nous éclaire.

Comme la douceur de votre peau qui semble tout à coup devenir nécessaire à la mienne.

Comme j'aimais le ballet que vous m'avez donné à voir. Vous, dans cette nudité qui vous va si bien, debout devant moi, tanguant au rythme que vous vous étiez imposé.

Vous étiez beau et j'aimais suivre vos mains qui glissaient de votre torse à votre queue et puis à vos fesses.

J'ai vu votre visage, vos yeux fermés comme si vous étiez seul avec vous-même et que vous m'offriez votre impudeur.

Moi, j'étais alanguie dans le fauteuil rond et rouge, à moins de deux mètres de vous.

Vous faisiez monter un nouveau désir en moi : celui d'être touchée, celui de vos baisers, celui de votre bite en moi, celui de vos doigts qui me fouillent.

Vous avez fait palpiter mon sexe.

Il s'est inondé devant vous et j'aimais cette indécence.

Il me reste encore le souvenir de la douceur de votre langue sur ma chatte, s'immisçant dans une fente qui n'attendait que vous.

Il me reste en mémoire mes lèvres sur vos fesses parcourant votre raie pour vous pénétrer et tenter de venir au fond de vous.

Il me revient aussi tous les sucs dont je vous inonde et les soupirs que vous provoquez.

J'aime par-dessus tout vous gorger d'ondées diverses et puis me coller contre vous et vous embrasser à l'infini.

J'aime par-dessus tour vous sucer le gland (avec ou sans chocolat).

J'aime par-dessus tout écraser mon sexe contre votre ventre.

J'aime par-dessus tout quand vous m'enculez avec vos doigts, avec votre langue ou votre bite.

J'aime plus que tout me laisser aller à vous dire "Je t'aime" durant ces instants.

Vous me baisez si bien.

Lui - Rouges seront nos égarements...

Chère, prenante Amante,

Comme j'aime te lire quand tu me narres nos actions passées.

Comme j'adore t'entendre dire que tu aimais cela.

Comme je suis heureux de nous commettions ces ébats,

Comme ton corps il me plaît d'explorer, de pénétrer par tous les trous,

Trous que tu m'offres si bien, si bellement, que j'en suis comblé, toute autant que les vôtres.

De ma langue, je voudrais faire un dard, et de celui-ci explorer votre cul, qui je ne sais pourquoi, m'attire comme un aimant, comme s'il voulait que je m'y perde.

De mes mains, je veux vous pénétrer, et derechef, d'être inondé de votre plaisir si démonstratif.

Recevoir sur moi vos divers liquides me plonge à chaque fois dans un moment de compassion.

C'est comme une chrétienne pense recevoir la grâce de Dieu, ici moi je reçois votre offrande et m'en émeut.

Nous essayerons pour la prochaine fois de ne pas programmer nos heures de bonheur, et laisserons le courant nous emporter vers où son lit le porte, sachant qu'au bout de toute façon,

se trouve l'estuaire où gisent les corps épuisés et repus, pâmés des multiples plaisirs qu'ils se sont offerts.

Tu m'écraseras encore ton sexe partout où tu en as envie,

Tu suceras encore mon gland comme tu le fais si joliment.

Tu me diras encore ce qui te fais tant plaisir à me dire,

Dans mes bras tu t'abandonneras encore, de corps et d'esprit, m'offrant le premier par tous les pores, et le deuxième de 7 heures à minuit.

Que mon gland te soit présent dans tes rêves, gonflé et turgescent, brillant et lisse à l'envi, soyeux et offert à tes dents.

Mon Dieu que c'est bon tout cela.

Par pitié, n'arrêtez pas.

Ton complice de fantasmes vécus.

Lui - Il y a commode et commode

Chère Toi,

Plein de mercis pour cette offrande.

À la commode Louis-Philippe, je préfère la Commode de Toi.

As-tu vu que ta jolie main est aussi sur la photo, la même main qui empoigne mon sexe ou essaye de me pénétrer?

Oui, je sais que c'est la gauche et que tu es droitière, mais je peux penser que la photo est à l'envers.

M'offrir ainsi ton sexe est un honneur, entouré comme il se doit de tes bas et jarretelles.

Dis-toi que je ne le vois pas assez.

Sur la photo ici, on voit tes grandes lèvres se montrer, comme les lèvres d'une bouche qui se referment sur un met si délicat que sont tes petites lèvres et ton clitoris. Ainsi tu vois, tu me sors le grand service, excitant mes papilles neuronales érogènes.

Dans mon cerveau en ce moment, j'observe des cris qui me disent, en scandant, cette phrase répétitive "Lèche-le!"

Car oui c'est vrai je ne mens pas, je le sens en mon for intérieur, ce message est là, venant de je ne sais où.

Il me dit de caresser ces cuisses et de placer ma langue sur ce sexe offert.

La même photo montre un minuscule bout de fesse, là où la peau est si lisse. Lui aussi m'appelle et me dit, Oui, c'est ici, caresse!

Moi qui te dis merci de ce don.

Lui - Pensées

Chère Douce,

Dans mes pensées je vous vois dans votre château, entourée de vos amies, à siroter du thé fraîchement importé des pays lointains par vos maris explorateurs et marchands.

Ces voyages prennent du temps, et vous, galantes, ne savez plus comment le meubler de manière pertinente.

À la longue, de vos lunettes marines, offertes par vos marins, vous observez les allées et venues autour de vos jardins.

Certains livreurs ou jardiniers sont plus attirants que d'autres, et pour vous amuser vous en plaisantez.

Un jour que je passais par-là, pour porter à votre chambellan un objet par moi préparé, votre attention fut attirée par mon corps grand et mince, ainsi que ma démarche rapide.

Par certaines ruses dont vous avez le secret, un message de votre part me parvint, me suppliant de venir en vos lieux pour un entretien sur mes compétences.

Le jour dit je survins, et à votre huis donnai deux coups.

Votre porte s'ouvrit sur vous et vos donzelles, faisant de votre groupe une famille de tourterelles.

Je fus convié à m'avancer, et dans votre salon vous présenter ce que de mes mains je savais faire.

Ebéniste je suis, et en voyant de si près mes mains, des idées vous vinrent pour les utiliser à d'autres activités. Une de vos amies ferma la porte dans mon dos, et glissa la clé dans son corsage.

Je fus guidé vers la salle d'eau, afin de me dégager de cette odeur d'ouvrier que je ne sentais plus à force de vivre avec elle. Vos amies me déshabillèrent, tandis que vous regardiez le spectacle de ma nudité.

Quand je fus nu, je fus trempé dans un broc d'eau chaude, et une de vos amies s'appliqua à me gratter le derme.

Après une brève absence, je vous vis nouveau, mais débarrassées de la moitié de vos habits. Ce n'était que dentelles, jarretelles, bas de soie et bustiers poussant vos seins vers les cieux. Les rires fusaient et vous vinrent admirer mon membre durci par les gestes de votre amie.

Je fus séché et guidé vers la chambre, où on me coucha sur le dos de votre géant baldaquin.

Je fus aussitôt entouré par toutes ces dames, commença un étonnant ballet.

Mes deux mains et mes deux pieds furent capturés pour que chaque extrémité puisse venir, aidée par une damoiselle experte, s'insérer dans son intimé, guidée, manipulée pour que les mouvements soient harmonieux et adéquats.

Restaient vous et cette autre dame. Je vous entendais vous disputer à voix basse pour savoir je ne sais quoi, puis il me semble que vous étiez tombées d'accord. Votre amie vint me chevaucher sur mon vît, tandis que je vous vis vous approcher de ma tête.

Vous vous êtes retournée pour faire face à votre amie, et vous êtes assise sur mon front.

Vous vous êtes empoignées toutes les deux, et avez commencé à vous embrasser goulûment. Je vous sentais toutes deux ondoyer sur moi, je vous voyais vous agripper les seins, les presser, quand soudain je vous senti glisser. Votre mouille m'inondait les yeux, mais bientôt tout devint noir, car vous étiez sur mon nez descendue, et dessus excitiez votre clitoris. Ainsi je pouvais respirer, mais de voir je n'en pouvais plus.

Je continuais à vivre une vraie attaque d'amazones, mes mains et mes pieds étant entre-temps devenus de véritables godes et manipulés en tant que tels. Je n'avais plus de contrôle sur eux. Elle les faisait aller et venir à un rythme croissant, bougeant leurs bassins pour augmenter les sensations.

Votre amie sur moi commençait à se lever et descendre sur ma pine, tandis que votre clitoris venait s'abattre régulièrement et avec force sur l'arête de mon nez.

Les cris devaient réveiller toute personne au château qui ne soit levée.

Votre râle s'est alors élevé, et tout à coup une douche terrible m'inonda le visage. Des flots s'en venaient de votre intimité, pénétraient dans ma gorge, me faisaient suffoquer, et vous trembliez de plus belles, que j'en jouissais au travers de vous. Votre amie s'appliqua à se visser sur mon membre à ce point qu'il en toucha le fond, et la belle gémit à s'en évanouir.

Elle tomba dans vos bras, et votre embrassade en fut encore plus terrible. À croire que le visage de chacune allait disparaître dans la bouche de l'autre.

Vos autres amies s'amusèrent encore de longues minutes du spectacle, mais vinrent toutes à point jouir de mon corps, certaines sagement, d'autres plus violemment. L'une s'enfonce même mon pied dans son fondement.

Quand la tempête fut calmée, la cloche fut sonnée pour le service, et des valets vinrent nous apporter des essuies ainsi que des rafraîchissements. Ils étaient d'une discrétion sans limites, ne posant jamais le regard sur aucun corps, visant uniquement tantôt le guéridon, tantôt le coussin, mais jamais la chair.

Ils s'en furent comme ils vinrent.

Nous nous repûmes, nous rhabillâmes et je pris congé, non sans avoir reçu un bordereau pour fabriquer pour ces dames quelques objets d'ébénisterie qui par un certain hasard ressemblaient tous à mon pénis.

À vous revoir, belle marquise.

Elle – Pensées

Cher manant conteur de si jolies histoires,
Oui, un jour il me plaira sans doute de vous donner en
pâture à quelques amies avides de plaisir. Cela
deviendra un fantasme vécu.
Ce sera beau que de vous voir entre leurs mains, se
disputant votre queue que vous leur donnerez si je le
veux bien.
Mais je devrai être la première et la dernière à user de
vous.
Je vous aurai vanté, vous devrez m'honorer.
Vous devrez soupirer et jouir de leurs caresses, mais
c'est à moi que vous réserverez votre sève sacrée.
Oui, je reconnais que je suis parfois un rien exclusive.
Le temps qui va me séparer de vous va s'égrener, certes,
mais le sablier me semble infini...
Il me semble déjà sentir vos mains sur mes seins.

Oh que le temps est long,

Lui - Mémoires effacées....

Douce Toi,

Roulons encore nos corps les uns sur les autres, c'était trop bon.

Se fondre ainsi l'un dans l'autre, de cette manière, jamais je n'avais connue, mais mon âme saisit bien tout l'intérêt de l'huile essentielle pour à ce résultat arriver.

Mon Dieu, zip zip, zap zap, swift, zouft, splash, comme dirait Jane Birkin, mon cerveau se tord en un 8 de Bernoulli en pensant à ce moment délicieux.

Redonne-m'en encore, corps de délice qu'on peut manger par n'importe quel côté.

Ouvre-toi, engouffre-moi, offre-toi, montre-toi, donne-toi,

Prends mon sexe, sème-le, arrose-le, regarde-le pousser avec patience, et bientôt tu pourras en récolter la semence.

Et en attendant, tu pourras à chaque occasion venir le voir, lui parler, le caresser, le rassurer, l'aduler.

Et moi, pendant ce temps, je glisse mes doigts dans tes orifices, et à chaque fois je n'en reçois que bonheur et plénitude.

Ton jouet.

Elle - Oui mais...

Très Cher,

Elles sont dangereuses ces petites annonces auxquelles il nous prend parfois la fantaisie de répondre en toute légèreté, la curiosité attisée, lorsqu'un peu d'ennui s'empare de nous.

Et puis, au fil des jours, une histoire se tisse, faite de mots, de rencontres, d'échanges multiples et aussi de caresses, de plaisirs et d'émotions diverses.

Des liens se tissent.

Tu sais que je suis une lectrice de romans et j'avais rêvé que cette histoire que l'on écrivait, toi et moi, sur divers modes, depuis trois mois, pourrait s'inscrire dans un de ces beaux livres.

De ceux qui nous font croire que l'histoire est sans fin.

Parce qu'elle ne se heurte pas au quotidien qui détruit.

Parce qu'il y a certainement une magie des choses.

Parfois.

Parce qu'il faut croire aussi aux rêves d'éternité.

Parce qu'il y a des mots « fin » qui désespèrent un peu.

Je ne sais pas quelles cicatrices laissent les rêves qui

s'échouent.

Mais je sais que l'absence de certaines caresses et de certaines peaux laissent peut-être comme des brûlures sur le corps de certaines femmes.

Je ne voulais pas entrer dans ta vraie vie, j'aurais aimé y rester dans la marge, comme une passante avide de tes mots et de tes caresses parce qu'ils me donnaient la légèreté à laquelle j'aspire tant.

Et puis, voilà que tu me confies combien cette situation te rend malheureux.

Comme j'en suis triste !

Infiniment.

Tandis que je vivais tout cela avec gaîté.

J'étais légère, oui, de te donner tout ce plaisir et d'en recevoir autant de toi.

Je crois que nous avons dans la vie tant de choses à donner, tant de choses qui sont sans fin.

Toutes ces caresses, tous ces baisers, toutes ces émotions que je t'ai données, je ne les ai retirées à personne.

J'étais légère de notre complicité.

Je vais me passer de tes caresses.

M'accorderais-tu de ne pas me passer de tes mots ?

Penses-tu que nous pourrions devenir amis ?

J'ai bien aimé tous les moments passés avec toi : ceux dans une chambre, ceux dans un lit, ceux dans une douche (ces derniers, je ne les oublierai jamais), mais aussi ceux derrière une *$@ table.

M'accorderais-tu de continuer à apprécier ces derniers seulement ?

Il n'y aura alors plus lieu de mentir à qui que ce soit parce que nos rencontres seraient amicales.

Parce que nos lieux de rendez-vous seraient des restaurants ou des bars de bonne tenue.

Nous garderons simplement enfouis au plus profond de nos corps, le souvenir de quelques moments de divagations libertines et de liberté sensuelle et érotique.

Je t'aime bien et j'apprécie ta compagnie, ton humour, tes messages, j'aimerais ne pas perdre cela.

J'aimerais ne pas te perdre.

Elle - Sagrada familia

Bonjour,

Je pense beaucoup à toi.
À tes états d'âme qui font que je te trouve encore plus attendrissant.

Je suis enfin chez moi après avoir lavé, récuré, astiqué, nettoyé.
Je suis seule, tu sais que, contrairement à toi, je me complais dans la solitude.
Je suis seule donc je suis libre, de cette liberté d'esprit qui fait que tu ne dois te préoccuper de rien ni de personne.
Il n'y a que du temps dont je ne suis pas maître, il s'écoule comme le sable dans un sablier au rétrécissement trop lâche.

Après ceci, comme nous en avons plus ou moins convenu, je ne ferai plus référence à ce que nous avons vécu ces dernières semaines.
Je veux simplement t'écrire que tu as remis de la passion dans mon corps et c'est ce que j'attendais.
Il y avait très longtemps que je n'avais plus fait l'amour comme ça, en voulant tout donner et tout prendre.
En me noyant dans une symbiose quasi totale.
C'est étrange, il s'agit d'une véritable alchimie,

mystérieuse et merveilleuse.
Je me demande avec combien de personnes nous
pouvons vivre de tels instants ?
Quelles conjonctions d'éléments doivent donc être
rassemblées pour atteindre de tels Nirvanas ?
Tu serais mon acmé du plaisir érotique.

J'attends demain avec impatience pour te savourer
amicalement et aux petits oignons,

Elle - Adoration des Phalaneopsis hieroglyphica BIS

Cher Vous,

Ne vous ai-je pas dit, dans un texto nocturne que vous seriez mon orchidée ailée ?

Permettez-moi pourtant, ce soir, de ne penser qu'à l'instant où je me glisserai contre vous, un instant qui se rapproche peut-être...

Permettez-moi de ne penser qu'au moment où votre peau sera un peu la mienne, où, quand vos lèvres s'ouvriront je pourrai y lire les mots mêmes de vos rêves, avant qu'elles ne s'unissent aux miennes.

Je voudrais n'être que le vent qui glisse sur votre corps, un vent de sable qui le lisse et le lisse encore, un vent venu des steppes, de si loin qu'il est bien plus que le vent.

Permettez-moi encore d'être une passante qui mesure l'espace qui réunit vos mains au reste de l'univers.

J'aimerais vous enduire de ma salive et qu'ainsi vêtu je vous emmène à d'étranges cérémonies où seront célébrés l'union du vent et de votre corps.

Et si vous le permettez encore, je voudrais glisser, glisser sur les pentes où vous êtes arc-bouté, glisser en vous et soulever vos paupières pour regarder au fond de vos yeux le secret qui vous anime.

J'aimerais en un matin noir vous couvrir de parures pourpres et sang, et vous emmener dans ces lointains voyages dont on ne revient jamais indemne, où on laisse jusqu'aux traces de son innocence, où on replonge au cœur même de son enfance.

Loin des bruits incessants et des éphémères beautés, agrippés à des cerfs-volants qui ne sont pas encore le désir, mais le besoin du vent, le besoin de se poser sur une plage et d'y dormir sans savoir si c'est réellement l'endroit où l'on se réveillera.

Cueillir sur vos lèvres des instants de rêve et les abriter dans les paumes de mes mains, avoir, rivée dans mes prunelles, l'image même de vos folies, de vos fièvres et des intempéries qui sont à l'abri des regards, sous les voiles qui vous recouvrent à titre temporaire.

Sachez seulement que le vent qui fait onduler les herbes hautes n'est que le produit d'un passage étroit entre deux marées basses, un cône de lumière sur des fraises écrasées.

Qui sont vos lèvres.

Et ne sont qu'elles.

Parmi de blanches étendues où meurent, gracieuses et fluettes, des étoiles polaires et des danseuses étoiles, elles sont l'éclat de la nuit.

L'espace infini du désir rivé sur des dimensions qu'il est impossible de prévoir.

De l'imprévisible rencontre des rêves imprévus, naît une fleur qui toujours et jamais ne se fane, et encore et encore sera si impossible et si artistiquement dessinée qu'il n'y aura aucun regard qui la verra vraiment.

Rêvée, elle se dressera toujours et en glissant, en glissant encore, elle épousera le cri qui vient de la nuit des temps.

Lui - Autant tu m'étires

Toi,

Faisant fi des tergiversations philo-scrupuleuses, me voilà de retour sur ton mail privé où la vie est plus facile et les épanchements érotiques mieux appréciés.

Il m'est encore plaisant de penser à ton corps, à ta nudité, à ta timidité et à ton ingénuité quand, immobile, tu t'exécutais sous mes ordres et te déplaçais lentement sous mon regard scrutateur. Affalé dans le canapé, nu, j'aimais ainsi te regarder, et laisser mes yeux se promener sur tes formes et ta peau glabre, me fixant sur tes seins, tournant autour de tes fesses et plongeant sur ton sexe dont j'admirais l'outrecuidance.

Le soleil aurait pu pénétrer la pièce et chauffer nos corps. Je t'aurais demandé de te caresser ainsi, debout devant moi, les jambes bien écartées, pendant que lentement j'aurais fait aller la peau de mon pénis sur la tige durcie de celui-ci, le pressant de trois doigts, juste ce qu'il faut, me tournant bien vers toi afin que tu puisses m'observer de tout ton saoul.

Lorsque le plaisir se serait rapproché de toi, tu te serais rapprochée de moi. Tu te serais assise sur ma jambe, près de mon genou, afin de t'offrir cette force dans l'entre jambes et la contrôler au rythme de tes élans. Tu aurais saisi mon sexe entre ta main, et tout en te balançant sur moi, tu m'aurais massé suavement ce membre que tu désires si fort voir en toi. Mais je veux te voir m'inonder les cuisses, aussi longtemps que mon membre n'aura pas joui. Nous resterons ainsi le temps qu'il faudra, tantôt nous embrassant comme on aime tant le faire, tantôt léchant mon gland ou l'enfournant dans ta gorge comme pour me l'avaler. Aussi longtemps que tu n'auras pas vu mon sperme couler hors de ma verge, nous serons condamner à rester ainsi, fusse jusqu'à l'aube, et quand bien même tes seins seront épuisés de mes torsions rageuses et passionnées, je n'aurai de répit que quand nous en aurons fini avec ce liquide libérateur.

Quand celui-ci coulera enfin de mon méat, je voudrais que tu embrasses le bout de mon pénis, et puis diriges ta bouche vers la mienne, pour qu'en une union haletante, nous partagions ce lait du plaisir.

À te vivre,

Elle - Transports en commun

Ô toi que je ne sais comment nommer,

Qui me contredit et me fait contredire tandis que nos corps et nos désirs rêvent de se rejoindre pour encore s'abreuver à ces multiples sources de plaisirs. Alors que je tente de les enfouir au plus profond de ma mémoire, quelques mots, quelques lignes de toi viennent raviver les frémissements de ma peau.
Mais oui, viens voir mes seins, viens les malmener comme tu sais le faire, viens les caresser, viens en prendre possession, viens me faire mal pour ton plaisir.
Viens, regarde mon sexe nu, assieds-moi, écarte-moi, viens y noyer ton regard, viens y engouffrer ta langue, viens y enfoncer tes doigts, viens y engloutir ta queue.
Elle y est attendue, la douce chaleur de mon désir l'enrobera de félicité.
Viens dans la luxure, celle qui repousse les limites de tous les délices.
Viens te gorger de tous les sucs de mes envies.
Je serai fontaine, je serai ruisseau, je serai fleuve pour toi.
Je te noierai.
Je m'appliquerai à faire jaillir de toi, toute la nuit durant s'il le faut, les yeux dans tes yeux, les yeux sur ton sexe, ces semences de bonheur.
Et tu reculeras cette jouissance pour retarder le moment de se décoller l'un de l'autre.
Ma fente glissante s'écrasera contre ta jambe, ma

langue explorera tes lèvres, ta bouche, ton visage, mes mains enserreront tes couilles, battront ta verge comme elle aime.

Notre seul rivage sera celui de la volupté.

Lui – 1000 fois trop de trop

Chère,

C'est très joli.

J'aime beaucoup.

J'en bande.

Y a rien à faire, on aime bien a tous les deux.

C'est trop bon, c'est trop gai.

Quel bonheur de pouvoir ainsi se parler de nos pulsions intérieures, de ce qu'on aime, de ce qui nous excite et nous fait vibrer à l'unisson.

Étrange vie, étrange relation, mais combien claire passion.

Elle - Cérémonie rituelle

6h00, je suis sous la douche et me souviens.

Me souviens de tes mains sur mon corps.

Les gouttes glissent sur ma peau, ce sont tes mains.

Elles pénètrent dans ma bouche, ce sont tes lèvres.

Elles s'immiscent dans les pétales de mon sexe, ce sont tes doigts.

Je prépare mon corps, le mousse et le lustre, mais tu ne seras pas là...

Tu seras loin, si loin et l'attente sera si longue.

Quand reviendras-tu pour faire de moi l'objet de ton plaisir, l'instrument de ton plaisir ?

Elle– Les oies cendrées de Konrad Lorenz

Cher Toi,

J'ai l'impression qu'il me reste seulement quelques fragments lointains du souvenir de nos rencontres.

Aurons-nous, un jour, bientôt, le bonheur de revivre ces instants ?

J'aime beaucoup la liberté que tu me donnes... ou plutôt celle que je suis capable de prendre avec toi.

Pourquoi avec toi ?

J'aime quand tu me demandes de faire ces choses que je n'ai jamais faites et puis les faire.

Il me tarde de te retrouver pour encore te manger des yeux, pour encore avoir envie de toi, pour m'accrocher à ton regard et le soutenir si un peu de honte devait m'envahir.

Voudras-tu m'inonder de toi ?

Comme j'aimerais sentir cette douce chaleur venant de toi qui viendra doucement s'écouler sur mes épaules, ruisseler entre mes seins, s'immiscer dans mon sexe, se répandre dans mon dos, dégouliner le long de mes jambes.

Je viendrai alors me coller contre toi pour encore glisser contre ta peau dans un baiser sans fin.

Viens...

Elle - Plaisirs des bulles

Dans notre bulle érotique, il y a :
- toi et moi et puis encore,
- ton beau corps long et lisse
- tes mains douces et violentes à la fois, elles savent si bien entourer délicatement mes seins et puis les caresser et puis les tirailler et encore les maltraiter pour notre plaisir
- tes doigts que j'aime lorsqu'ils viennent s'immiscer dans ma chatte
- ta langue qui vient rouler sur mon clitoris
- tes lèvres dont je me sépare toujours avec des regrets
- ta queue qui m'avait tellement impressionnée sur la première photo que tu m'as envoyée
- ta bite que je rêve d'avoir en moi
- mon sexe ruisselant dès que tu t'en approches
- le désir de toi que je sens dans mon ventre
- et puis encore tous les mots indécents que l'on s'échange
- et encore l'envie d'aller plus loin...

Lui - Matinée de soleil sur perles de rosée

Douce,

Qu'il est bon le plaisir de se sentir complices dans ces choses qui nous emmêlent, en partant du plus profond de nous et en passant par notre âme et notre libido.

Cela ne s'explique pas, mais le plaisir de te lire, de recevoir en mon moi tes mots qui déclarent comme tu as envie de moi, comme tu aimes t'ouvrir sexuellement à moi, agripper nos corps mutuellement par là où cela nous fait du bien...

Je suis toujours content de te lire, de découvrir combien nous aimons parler de nos corps, de nos sexes et de nos envies. Je suis très content d'avoir trouvé en toi une complice qui aime à ce point ces choses, qui en parle librement et me met tant à l'aise.

Sois rassurée que j'aime beaucoup, même énormément cette complicité.

J'aime te lire, j'aime te voir, j'aime te sentir et te lécher, te pénétrer, te caresser, te faire plaisir et t'en donner.

Je n'aurai de cesse que mon sexe te défonce comme tu le veux et où tu le veux. Cela prendra peut-être un peu de temps, mais il est là devant nous, gratuit et juste un peu difficile à obtenir.

Ah, prenante Chérie, comme il m'est bon de t'écrire et de me synchroniser avec toi.

N'hésite pas quand tu le veux à t'ouvrir à moi. Je suis sur Terre pour cela. Toujours disponible, aimant tout entendre de toi.

Je t'embrasse tout ton corps.

Moi qui bande à t'écrire.

Lui - Ô Rage!

Rage de te lire sans te voir,

Rage de te lire sans te sentir,

Rage d'être loin de toi,

Rage que mon sexe ne soit en toi,

se glissant entre tes lèvres humides et gonflées,

et de son gland gonflé de sang, heurte à coups sourds le tréfonds de ton intimité.

Rage que ce gland rouge de désir ne puisse exploser en toi,

que tu sentes mon sperme se déplacer dans ma hampe et des jets violents heurter tes parois intimes.

Rage que tu ne puisses le saisir de tes mains avides et lui faire subir tous les outrages dont tu as l'audace.

Que de Rage à ne pouvoir à nos désirs subvenir,

Mais la raison s'interpose en protectrice des couples.

Sois sage et parle-moi de tes émois sans limites, pendant que de concert nous planifions notre prochaine rencontre.

Mardi oui je pense pouvoir avec mon destrier allemand venir en ton fief ma nudité te montrer et tout mon corps sans pudeur t'offrir, afin que ton esprit puisse le modeler et en jouer à souhait

Je viendrai chercher la commande, et ainsi le sujet aurai préparé pour motiver ce voyage.

Ta langue dans ma bouche, ton petit doigt dans mon méat, et ta main dans mon anus, voilà que tu me tiens par tous les orifices, et que d'une solide embardée, tu me fais verser dans le ravin de la félicité.

Elle - Faufiler et dé à coudre

Cher contradicteur,

Nous sommes chez ma couturière "Brigitte, Haute couture", c'est la petite étiquette qu'elle coud sur les vêtements de ses clientes.
C'est à l'étage de sa petite maison que se trouve son atelier : des étoffes de toutes sortes, de la soie, des organdis, des satins et des cotonnades, des robes, des chemisiers, des jupes, copies d'Armani ou de Dior et consort.
Elle nous accueille, car tu m'accompagnes, dans le salon de l'étage afin que je me déshabille pour passer la blouse qu'elle est occupée à me confectionner.
C'est l'été, il fait si chaud que j'ai mis cette robe saumon en soie dont je te parlais l'autre jour.
Cette robe légère ne supporte pas de sous-vêtements, à peine un string arachnéen, mais ce jour-là, je n'en ai même pas mis, il fait décidément trop chaud... et j'ai oublié ce rendez-vous.
J'ai chaussé ces sandales dorées qui font un rien pute.
Il me suffit donc de glisser hors de ma robe et je suis nue devant toi... et devant la couturière.
Tu me suis dans l'autre partie de l'atelier, car tu vas me surveiller : je t'ai promis de rester très sérieuse.
Je m'excuse de ma nudité auprès de la dame et elle m'aide à enfiler cette future jolie blouse tandis que tu m'observes appuyé contre le mur, un petit sourire au

coin des lèvres.

Cela t'amuse manifestement beaucoup de voir la dame à mes genoux, à hauteur de mon sexe nu, rectifiant l'un ou l'autre ourlet...

La situation est piquante, tellement piquante que mon sexe perle discrètement : je n'ai pas tenu ma promesse, tu t'en excuses auprès de la dame en passant délicatement un fin mouchoir entre mes jambes pour encore attiser mon désir...

Lui - Tout objet touché par l'être aimé en devient automatiquement son prolongement

Toi, objet nu exposé devant mes yeux,

Sublime dans ta nudité,

exposée dans tes dessous,

enserrée dans tes lacets,

enfilée dans tes bas,

suspendue à tes jarretelles,

élevée par tes hauts talons,

je te désire toute, pleine, offerte sans limites.

À quatre pattes sur une table,

moi assis à celle-ci,

tu m'offres ta croupe sans pudeur,

pour satisfaire mes ardeurs.

Mes yeux n'étant pas assez pour en profiter,

de mes mains je vais m'aider,

et de ma langue te fourrager.

Je voudrais ma tête entière y insérer,

par je ne sais quel sortilège.

Une force inconnue m'y pousse

à chaque fois que tu t'approches.

Ma langue posée sur ton sexe,

le reconnaîtrait immédiatement.

Par ses formes et ses palpitations,

par ses cris affamés et ses jets que j'adore,

il m'ensorcelle et me propulse dans les étoiles.

Si d'aventure tu me rencontrais,

la nuit, nu sous la Lune,

je t'implorerais de prendre mon sexe,

et de toutes tes forces me le branler,

afin que mon sperme aille rejoindre,

d'un sursaut bien orienté,

ces étoiles où mon double nous observe.

Plaine d'espoir et de désir,

accueille-nous et montre-nous le chemin de l'harmonie.

Elle - T'effleurer du bout des doigts

Oh Toi,

La nuit est noire, serait-ce la lueur des étoiles qui vient de m'éveiller ?
Est-ce mon intuition de pouvoir te lire ?
Voilà que tes mots s'insinuent dans mon corps, dans les pores de ma peau pour venir mettre le feu dans mon ventre, brûler mes seins.
Seules tes mains, comme celles d'un roi thaumaturge pourront apaiser ce brasier.
Sentiras-tu cette chaleur qui irradie ?
Oh oui, viens juste t'y réchauffer, elle ne te brûlera pas.
Mais voilà que l'inquiétude me prend, tu sais comme les heures de la nuit sont toujours propices aux anxiétés, il faudra pourtant se quitter, mais l'incendie reviendra et où seras-tu pour l'étouffer ?
Mais non, il ne faut pas aller au-delà de l'espace-temps qui va nous réunir dans l'incandescence du printemps.
Je crains pourtant de ne pouvoir retrouver le sommeil tant mon corps souffre de ton absence alors que mes mains n'ont pas le pouvoir des tiennes.

Elle - Des traces, des stigmates, des empreintes, des souvenirs. Déjà.

Mon Dieu de l'Amour,

Je pourrais rejoindre mes draps pour m'enivrer de l'odeur que tu as laissée sur moi et m'immerger dans les souvenirs que nous venons d'inventer.

Pourtant, je voudrais te redire combien la liberté que tu me donnes ou que je prends avec toi m'est nouvelle.

Je dois t'écrire, après te l'avoir dit, que jamais, je n'ai vécu de tels moments avec qui que ce soit.

Tu me fais fondre, tu me fais ruisseler comme jamais. Jamais, je n'ai donné une telle liberté à mon corps.

Tu aurais donc le pouvoir de m'emmener sur des chemins inexplorés... tu pourrais donc m'emporter au-delà de ce que je peux imaginer.

Mais quel dangereux personnage êtes-vous donc ? Vous qui avez le pouvoir de faire des heures, des minutes fugitives et furtives.

Fusion, union, harmonie, symbiose, unisson, mélange, syncrétisme... sont les mots qui me viennent à l'esprit.

Bonne nuit,

Elle - T'enculer avec ma langue

Cher Toi,
Je voudrais évoquer un des plaisirs variés que j'ai eus.
J'ai adoré enfouir sauvagement, comme pour m'y
engloutir, mon visage dans ton sexe, dans tes couilles,
les lécher, les baiser, les aspirer et ressentir par tes
soupirs le plaisir que cela te procurait.
J'aime vraiment te toucher.
Partout.
J'aimais sentir au bout de ma langue ce petit trou fermé
qui se laisse difficilement pénétrer.
Réussir à m'y introduire, y darder.
Et te caresser encore et encore.
En parcourir les bords de ma langue que je fais dure.
Tenter et puis réussir à y pénétrer et t'entendre encore
soupirer.
C'est bon de te baiser.
C'est bon d'être troublée par tes petites constructions
d'écrou et de plastique faites pour t'enserrer les
couilles...
Je n'aime pas du tout ce genre d'outillage... et puis, je te
regarde te promener et m'imagine, relent d'un tréfonds
de sadisme perdu au plus profond de moi-même,
t'obligeant à les porter devant moi quelques instants,
comme pour t'emprisonner et te soumettre à mon bon
vouloir.
Tu recules mes barrières...
Bonne nuit,

Elle – Manoir

Me voici sortie des eaux.

Vers 16H30, j'avais froid, je me suis donc glissée dans un bain avec un livre succulent que je relis : "Une gourmandise" de Muriel Babery.

Mais c'était sans compter toi.

Dans la chaleur de l'eau qui me caressait les seins, une vague de désir de toi m'a envahie.

Quelle souffrance que tu ne sois pas là.

Mes mains ont bien tenté de parcourir mes seins, mon ventre, mes doigts ont caressé mon sexe... en vain, ma peau ne pense plus qu'à toi.

Toi seul peu m'éteindre pour quelques instants seulement tant mon désir de te toucher revient chaque fois avec plus d'acuité.

Je feuilletais un autre livre et y ai découvert l'endroit où je rêverais de me rendre avec toi : au Chewton Glenn Hotel § Sap (oui, on n'a jamais parlé de cela, mais j'aime beaucoup le luxe) à New Milton Hampshire.

Je pense que l'endroit est à la mesure de nos voluptés et nous pourrions y batifoler en divers endroits, dans la campagne, dans les belles chambres et dans la piscine à l'ozone... que de plaisirs en perspective (tu es obligé de me laisser rêver).

La douceur de ta peau me manque soudain, comme les baisers que je laisse dans ton cou, comme ta queue qui m'encule et puis éclate en moi.

Lui - Manoir et gestes déplacés

Chère Toi, nue et offerte à mes regards,

L'autre jour je suis venu,

mes souliers à hauts talons aux pieds,

mes bas résille enfilés sur mes longues jambes.

Je me suis déshabillé pour ne garder que ces biens.

Tout le reste était nu et mon sexe était gonflé de sang.

Tu m'attendais comme je te l'avais indiqué.

Comme moi habillée, plus ton serre taille et tes jarretelles.

Les jambes écartées tu regardais le mur devant toi,

tes mains posées sur la table,

cambrée comme il le fallait.

L'écran Plasma diffusait le dernier film d'Andrew Blake.

*Je me suis approché de toi et t'ai pénétrée par derrière,
lentement.*

*J'ai glissé ainsi de longues minutes, au rythme des
scènes du film.*

Allant, venant, nonchalamment....

À la fin du film, l'héroïne se caresse jusqu'à l'orgasme,

*de même j'accélère et mes coups de boutoir te font
fondre comme beurre au soleil.*

Ainsi sont mes leçons,

de réapprendre à baiser une femme.

Du trou choisi dépends le jour.

Pair le con, impair l'anus.

Il en fut ainsi 3 semaines.

Ensuite je fus sevré du film

et à la fin, tu pus enfin te retourner et me regarder.

Je pouvais enfin braver ton regard, sans craindre d'être distrait par tes gestes empressés de me happer.

Ton élève.

Elle - Nue sous les étoiles

Mon Cher qui m'est cher. À ma peau et à mon cœur,

Tu vas m'envier : il y a 45 min, j'étais encore nue sous les étoiles, malgré la fraîcheur du temps.
Je t'ai dit que j'allais chez Reinold, mon second meilleur ami qui a sauna et piscine.
C'était bon cette chaleur et puis cette froideur sur ma nudité.
J'ai vaguement somnolé dans le sauna pour rejoindre tes bras, ta peau, ton sexe qui me pénétrait, c'était délicieux.
J'aurais aimé sentir le parcours de tes mains sur mon corps dégoulinant.
J'aimais imaginer tes lèvres buvant ma peau, à mes seins, à mon sexe.
Toi t'enivrant de moi.
J'avais pensé à 3 jours de pilonnage intense, voilà que tu m'ouvres de nouvelles perspectives temporelles.
Je suis partante pour trois semaines et je ne sais même pas si elles seront suffisantes pour épancher ma soif de toi.
Tu m'envahis de toutes parts.

Lui - Mille et une nuits

Gente Dame,

En ce dimanche soir, drapé de son voile bleu immaculé,

hâlé de l'obscurité naissante,

nous voilà deux, sur le balcon de notre suite,

prise dans un de ces beaux hôtels que vous aimez.

Les étoiles apparaissent lentement,

en comptant Vénus au premier rang.

L'air refroidit et se teinte d'une touche de fraîcheur humide.

J'ai tombé le vêtement,

pour être plus près de vous,

et mieux sentir les morsures de l'air sur ma peau.

Vous avez mis vos dentelles,

dans lesquelles votre corps est présenté,

comme à votre habitude,

en parure qui ne cache rien.

Je vous enserre de mon bras,

et vous montre ce point luisant au loin,

Vénus vous dis-je,

la planète d'où tout nous vient.

D'une main ferme vous avez saisi

mon membre dur qui pointait à vos côtés.

De mon côté d'une main je vous indique

où trouver l'astre sublime,

et de l'autre main, je descends sur votre ventre opalescent.

Lorsque enfin après quelques tâtons,

vous identifiez l'astre brillant,

ma main encore un peu,

descend sur votre mont.

Au même moment de ma bouche,

je vous susurre des mots doux,

et de mes dents

vous mord le lobe de l'oreille.

Vous aussi maintenant sentez le froid,

et du coup vos tétons s'érigent,

la peau de vos seins se raffermit,

ceux-ci se cambrent et deviennent plus durs.

Vous les sentez tirer sur votre gorge.

Je les effleure à peine,

Ils vibrent comme des cordes.

Mon autre main pénètre en terrain interdit,

se faufile dans les tranchées ennemies,

rencontre le lieutenant major

qui nous demande qui va là.

Du bout des doigts, j'effleure vos tétons,

glisse sur la peau électrique de vos seins.

Mon autre main a contourné votre lieutenant,

et rentre maintenant dans la casemate.

Les troupes s'activent, vos seins se réchauffent,

je les empoigne à pleine main

et viole leur calme apparent.

Ils crient et veulent m'éviter,

mais ma poigne se fait forte.

Ils esquivent sans m'échapper,

et je resserre mon étreinte nocturne.

Entre-temps la casemate est envahie.

Je les tiens, ils ne peuvent plus s'échapper.

Tous mes hommes sont entrés,

et malgré l'inondation,

nous bagarrons pour la victoire.

Nous explorons toutes les pièces,

poussant des cris d'encouragement,

défonçant les portes fermées,

soufflant comme de beaux diables.

Au même moment vos seins se rendent,

rompus par la bataille, rouges et moites,

douloureux dans la moiteur de la nuit,

essoufflés par la lutte, ils ahanent leur reddition.

*Ma main auparavant lourde et méchante, devient douce
et caressante.*

Plus bas, la bataille est également terminée.

Le terrain est conquis.

La bête s'est rendue et gît maintenant

dans une flaque d'amour, de râles et d'efforts,

dans laquelle la lune se reflète,

pâle témoin de nos ébats

en cette soirée douce et fraîche

sur un balcon désert

que seules nos âmes ont visité.

Un instant

sur une autre planète

nous avons été

transportés....

Votre Roméo.

Elle - Arcane majeur

Cher objet de délectation,

Me voici enfin revenue sur une adresse qui nous permettra l'échange de propos quelque peu licencieux, certes, mais ô combien agréables.

Qu'il me tarde de non pas de t'embrasser, non pas de te caresser, mais de venir m'entremêler dans ton corps pour que ma peau touche la tienne sur la plus grande superficie possible, comme quand mes seins sont contre les tiens, mon sexe contre le tien, mes lèvres contre les tiennes.

C'est de cette façon que je rêve de nous.

Mélangés.

Assemblés.

Comme accouplés.

Je t'adore.

J'adore ta réserve et ton quant à toi quand moi je te lance des je t'aime sporadiques.

C'est comme ça que je t'aime.

Reste bien le pilier de raison de cette affaire de plaisir.

Tandis que moi, je m'enroule avec des mots soyeux autour de toi et des caresses aussi onctueuses.

Je suis stupéfaite que tu tires les cartes... je n'osais pas te parler de mon nouveau sujet d'étude.

Moi plus à toi que jamais

Lui - Current Status

Dear Miss,

Your device is ready to use.

Currently, it is quite hard, and intensively tested in our lab.

We will be more than satisfied tomorrow to evaluate it with you.

It looks like a rod.

You look like a damn gadget we are hungry to eat, stress in all positions, use in all locations and penetrate in all holes, whatever your desire.

Our rod is ready to take off and land in your mouth.

We want our semen to flood your body and fill your holes.

Our partner in sex, 100% (open) sex minded.

Elle - Voie lactée

Très Cher Gloaxgul$^{22}xx^3$,

Tu es décidément mon martien préféré, à moins que tu ne viennes de Vénus... ou encore d'une autre galaxie.
J'ai décidément passé un très agréable moment en ta compagnie.
Et pourtant, comme tu me rends insatiable, je t'aurais encore volontiers consommé après le spectacle...
J'ai adoré que ta semence sacrée ou ton foutre vienne s'écraser sur mes seins et mes lèvres.
Il faudra encore recommencer cet exercice délectable pour toi comme pour moi.
Je ne me lasse décidément pas de tes doigts dans mon sexe, de ta langue sur ma peau.
Que dire de ton sexe qui me pénètre...
Durant le spectacle, te toucher le bout des doigts me donnait envie de me coller contre toi et d'encore m'emparer de ta queue, d'encore écraser mon visage et ma bouche contre tes couilles.
Mais quel effet aphrodisiaque as-tu donc sur moi ?
J'espère que ton retour s'est bien passé et que tu as été bien accueilli par ton épouse.

Lui – Le Monde

Ma mie,

Imagine-toi encore me chevauchant et me faisant gicler. J'aime, j'adore, je fonds....

Puisque tu aimes, j'éjacule dans ta bouche.

Quel honneur, quel délice, quel cadeau....

Que mon sexe soit changé en bâton magique comme celui de Pirlouit au Pays Maudit.

A chaque fois qu'il le frappe au sol en disant Alakazam, une fontaine jaillit.

Ainsi, de même, chaque fois que tu dirigerais mon sexe vers un endroit de ton corps et dirait le mot magique, un jet de foutre en sortirait en de longs jets spasmodiques.

Ton bâton magique

Lui - Que des courbes

Chère,

Ton corps tout en courbes, en muscles et en désirs attire mes fantasmes comme le miel attire les guêpes.

Tu es un aimant et je suis tes pôles contraires.

Tu l'as vu, ton sexe happe mes mains comme un train happe un voyageur placé trop près du rebord du quai.

Impossible d'y échapper.

C'est de la physique.

C'est plus fort que le bon sens.

Ton sexe est une harpe sur laquelle mes doigts ne cessent de vouloir jouer.

Ton anus est une flûte avec laquelle je rêve tout le temps de jouer.

Ta bouche est un gouffre que j'aime explorer.

Ton corps est une montagne que j'aime escalader.

Ton liquide est un nectar dont j'hallucine d'être inondé.

Tes cris sont autant de raisons de ma perdre dans le bonheur.

Reste, reste dans mes rêves et dans ma vie.

Tout cela est bon et je te remercie.

Moi, étendu de bonheur sur le lit à tes côtés.

Elle - Que des courbes et quelques angles

... oui, j'y suis arrivée... mais tu m'écris de si jolies choses...

Et voilà que ces derniers jours, je ne suis pas en verve littéraire et je suis incapable de te rendre la pareille.

Mais tu m'épuises, je crois en rêverie de ton corps contre le mien.

Oui, j'aimerais que tu viennes tout entier t'engouffrer dans mon sexe et ainsi t'absorber pour que tu sois totalement en moi.

J'aime, comme c'est le cas aujourd'hui, ressentir encore les traces de ton passage.

Lorsque je contracte mon sexe, je ressens une légère douleur, car tu l'as un peu malmené et j'adore cette sensation de toi encore présent.

J'ai bien l'intention de rester encore dans tes rêves et dans ta vie, fais-en de même.

Je t'embrasse et m'en vais dans le lit où j'aurais aimé t'emmener hier soir...

Elle - Caviar et autres délices

Bonsoir vous,

Je viendrai alors moi aussi caresser ton sexe tout en devisant de tout et de rien et plus particulièrement de la pêche à la truite dans la mer baltique.
Lorsqu'il sera dur, je le prendrai en bouche pour une longue caresse et puis je descendrai vers tes couilles que je goberai voluptueusement tandis que tu seras debout, une coupe de champagne à la main.
Tu m'en donneras une gorgée que je te rendrai dans un baiser et puis tu viendras t'immiscer en moi, dans mon sexe et nous ferons l'amour devant toutes et tous.
Sauvagement et passionnément.

Elle - Tirons et jouons

Toi qui joue avec le monde,

Je devrai me passer de te voir, de te regarder, de t'observer, de te détailler, de te scruter...
Mon corps vivra sans ton regard allumé par la vue de mes seins, de mon sexe.
Mais il faudra aussi renoncer aux caresses, aux baisers, aux ferveurs du désir.
Il faudra se laisser aller à des vagabondages pour rejoindre les frémissements et les séismes dont nous sommes capables nos corps emmêlés.
Qu'il est bon de te savoir, pourtant si loin, mais à portée de main.
Qu'il est bon de savoir qu'à quelque cent kilomètres, existe, vit un pourvoyeur de plaisirs intenses, profonds, mais fugitifs et furtifs.
C'est pourtant la fugacité de ceux-ci qui leur donne cette portée inédite et quasi miraculeuse...
Moi qui se vois contrainte d'hiberner

Lui - De retour du rebouteux

Toi qui serpente entre mes jambes,

Des synchromèches sont des genres de petites fourchettes qui se trouvent dans les boîtes de vitesse et qui font bouger les engrenages et pignons pour passer les vitesses.

Cela n'existait pas sur les vieilles voitures, et il fallait tout faire en double débrayage.

Puis, il y en a eu, mais pendant longtemps ils n'ont pas équipé les premières vitesses, trop dures à supporter;

Maintenant, il y en a sur toutes les vitesses.

Je t'ai appelé comme cela, car tu me synchronises avec ma libido.

Là, comme ça, je voudrais pouvoir m'étaler nu sur ton lit drapé de draps frais immaculés.

De mon corps, tu verrais en premier mes fesses rebondies, qui attirent ton regard comme un aimant.

Tu poserais une main sur mon mollet, et la remonterais

lentement vers mon entrejambe.

Tu poserais ta tête sur ma cuisse et regarderais avec délectation tes doigts jouer avec le sillon de mes fesses et la rose de mon anus.

Tu observerais avec attention les spasmes d'excitation faire se déployer ma corolle.

Tu saisirais de l'autre main le plug qui t'attend sur ta table de nuit, et l'introduirais doucement dans mon fondement, après l'avoir délicatement humecté de ta salive.

À ce plug sont attachés des lanières, qui me donnent une fois debout une sorte de queue de cheval.

C'est ainsi que tu me vois me lever et tel un centaure, déambuler dans ta chambre, désœuvré, posant avec nonchalance mon regards sur tes objets adorés.

Je pose mes mains sur ta coiffeuse, et bien cambré, commence à me caresser les fesses.

Je saisis le plug et commence à lui donner de petits mouvements de va-et-vient, bougeant lascivement mon cul devant tes yeux gourmands.

Je me retourne et te montre mon sexe qui bande.

Tu te mets à quatre pattes sur le lit et me montre ta croupe offerte.

Je m'approche de toi, pose mes mains sur tes fesses, et, après avoir parcouru la raie de tes fesses avec mon gland, effleuré ton trou du cul, dit bonjour à ton clitoris, je m'enfonce doucement dans ton vagin liquéfié.

Je prends tout mon temps, doucement, faisant presque ressortir mon gland de ton sexe à chaque mouvement, afin que son diamètre pousse à chaque fois sur tes lèvres pour y pénétrer.

Je fais ainsi un long moment, te rendant quasi folle de bouger si lentement.

Enfin, après ce petit supplice, je commence à accélérer.

Tu m'entends ahaner, tu sens mes hanches frapper tes fesses.

Tu sens mes couilles battre ton sexe.

Moi, je regarde ton cul qui s'élargit et m'appelle de toutes ses forces.

Je n'en peux plus, j'y pénètre avec les doigts de ma main droite.

Mes 4 doigts y rentrent facilement.

Je rythme mes mouvements;

Mon sexe rentre, mes doigts sortent

Mon sexe sort, mes doigts rentrent.

Je change.

Mon sexe rentre, mes doigts rentrent

Mon sexe sort, mes doigts sortent.

Je me couche enfin sur le dos.

Tu te retournes et te poses sur moi.

Tu me regardes et plonges ton regard dans mes yeux pendant que tu t'empales sur mon pénis.

Doucement, tu t'enfonces complètement sur lui.

Là, tu sens bien ton clitoris explorer mon pubis.

Tu t'inclines pour trouver la meilleure inclinaison.

Là, voilà.... c'est bon comme cela.

J'empoigne tes seins. Je les pétris. Je les tords presque.

Tes tétons sont des fusées, et ne demandent qu'à me pénétrer les pupilles de leur arrogance.

Tu te frottes des plus belles sur moi. Tes mains s'agrippent à mon torse.

Tes ongles veulent s'enfoncer dans ma chair, mais la sagesse t'en empêche.

Tu me prends alors les cheveux, et tires violemment ma tête vers toi pour m'embrasser.

Au moment où ta langue touche la mienne, ton orgasme atterrit sur Terre, et une barre d'acier te traverse du cul à la bouche, un chardon ardent irradie de ton clitoris en train d'exploser.

Tu te retires et prends mon sexe en bouche. Ta main s'enroule sur sa hampe, et lui imprime des mouvements de va-et-vient violents.

Tu n'en peux plus. Tu ne peux te retenir plus longtemps. Encore secouée par ton orgasme, tu veux absolument me voir jouir, voir mon sperme sortir de mon gland turgescent.

Tu me branles avec une violence incontrôlable. Mon sexe est battu dans ta bouche comme un fouet bat des œufs.

On ne le distingue plus que dans un flou de chair et de souffle rauque.

Enfin mon corps se tend comme un arc, je crie, j'étouffe, mes traits se ferment et mon âme s'emporte dans un autre monde.

Tu sens mon sang palpiter dans ma verge.

Je retombe inanimé, le souffle court, et tu te couches sur mon corps nu, m'embrassant partout où tes lèvres peuvent se poser.

Ne voilà-t-il pas une agréable promenade au pays de l'amour?

À très bientôt, corps nu qui hante mon âme.

Lui - Tirons et jouons

Chère,

Laisse-moi te prendre comme cela.

C'est si bon....

De mon corps, quand je te le donne, fais ce que tu veux.

Qu'il devienne le godemichet de ta libido, qu'il ouvre les portes de tes fantasmes.

Avec toi, tout est plaisir.

Moi, étendu nu sur ton lit tous les soirs de rêve.

Elle – Saignée

Très alléchant,

Je veux t'accompagner dans tes promenades douces, violentes et délicieuses.
J'adorerai lorsque tu viendras en moi très lentement... très doucement, quand je te supplierai d'accélérer tes mouvements et que tu n'en feras rien.
Ce sera une souffrance délicieuse.
Je rêve de te voir à deux queues.
J'attends d'avoir un orgasme sur toi... je serai alors plus nue que jamais.
Toutes tes phrases sont comme autant de scintillements, de miroitements qui viennent éclabousser mon esprit et mes pensées sensuelles et érotiques.

Lui - Deux queues

Chère,

J'aime te lire quand tu me dis aime me voir avec deux queues, ou avec des jarretelles, etc...

J'aime quand tu veux me transformer, me voir autrement, me voir sans pudeur te montrer ce que tu désires dans ton monde pornographique.

Je serai là pour matérialiser tes pensées libidineuses.

Faisons cela. Mêlons nos limbes roses, bleues et rouges, humides, glauques ou douces.

Moi, nu, fesses écartées qui se collent sur ton visage pour mon plus grand plaisir opalescent de rêveries abyssales.

Elle - Badinage et libertinage

Lointain, très lointain,

Tu es loin, tu t'éloignes, tu t'étioles à nouveau il ne me reste que quelques bribes de ta peau, de tes baisers, de ta queue dans ma bouche, de ma langue dans ton cul.
Que j'aimerais glisser avec mon regard sur les courbes parfaites de tes jolies fesses.
Que j'aimerais du bout de ma langue et de mes doigts parcourir le méandre de ton cou.
Que j'aimerais enfin de voir (rien qu'en l'imaginant, ça me transporte un peu) vêtu de ces bas et puis te sucer et me faire asperger de ton foutre.
Que j'aimerais...

Moi ouverte à toi

Lui - S'ouvrir à l'autre

Offerte femelle,

Comme toujours, j'aime te lire, et à chaque fois tu ouvres des bourgeons de plaisir en moi quand je déguste tes déclarations à propos de notre relation.

C'est pour moi un tonifiant dont je m'enduis le corps.

Il revitalise mon cœur et mon allant.

Oui, masse-moi les fesses pendant des heures,

Oui, accepte mon sexe dans ta bouche, telle une offrande,

Oui, je mettrai ces bas qui se glissent sur mes longues jambes, et déambulerai devant toi, sans pudeur, t'offrant entre ces marques noires le rose de mon sexe provocant.

J'aime le balancer à tes yeux, sentir son poids lorsqu'il va et vient, te le montrer sous toutes les coutures.

L'autre fois, je l'ai frotté longuement sur ta figure, c'était trop bon.

Mmmmmhhhh...... oui, caresse-moi encore, encore, encore....

Oooouuuuiiiiiii, lèche-moi encore, encore encore....

Ah! laisse-moi te pénétrer quand je veux, comme je veux... tu es si facile à tout, tu rends tout facile....

Tout glisse, gicle, coule, transpire, salive, pisse, éjacule,......

Un vrai bonheur.....

Couverte de mon foutre....

À l'intérieur de toi.

Elle - Dans les suites des beaux hôtels

*Dans la douce chaleur crépusculaire des pays du sud, je
suis sur la vaste terrasse de notre chambre, vêtue d'un
de ces peignoirs de bain épais et doux.*
Sous ce peignoir, ma peau est douce.
Je regarde la lune et ses reflets miroitant sur les flots.
*Tu laisses couler dans mon cou quelques gouttes de
champagne rosé que tu recueilles aussitôt du bout de la
langue.*
*Ce frisson de fraîcheur réveille aussitôt mes sens que tu
ne laisses jamais longtemps endormis et avec une
lenteur mesurée, tu fais glisser le vêtement sur mes
épaules, c'est une longue caresse que celle de ce tissu
moelleux qui tombe et qui s'échappe.*
*Du bout des doigts, tu traces quelques arabesques dans
mon dos.*
*La sensation est quasi intenable, aussi délicate que la
plume gorgée d'encre noire qui marque le papier.*
*Tu as pris l'habitude de m'infliger cette longue torture
durant laquelle tu m'obliges à rester immobile pour
mieux apprécier la pointe de mes seins qui se dressent et
plus tard, mon sexe aussi onctueux et humide qu'une
mangue.*
*C'est du bout de tes doigts que tu fais naître mon désir
de sauvagerie.*
*Tu déposeras quelques baisers, ensuite, au creux de mes
lèvres, à la naissance de mes seins.*
Mais il faudra encore attendre... attendre...

Attendre pour enfin me coller contre toi.

*Attendre pour m'emparer de ton sexe dans ma bouche
et dans mes mains.*

Attendre pour t'embrasser et te lécher.

*Attendre pour te donner mes seins que tu tirailleras
jusqu'à me faire délicieusement mal.*

*Pour se caresser et se dévorer en tentant de repousser
chaque fois plus loin les frontières de notre fusion.*

Pour t'inonder encore de mon plaisir.

Pour recueillir ta semence.

Et puis recommencer...

Lui - J'adore...

Chère canaille,

J'adore le contenu de ton message.

Comme cela, là, j'ai envie de ta main sur la bosse que fait mon sexe dans mon pantalon.

Je voudrais être près de toi, là où que tu sois, assis près de toi et que là aussi, tu me passes ta main sur mon sexe tendu.

Que tu la repasses, que tu appuies bien fort, que tu la prennes en main et la serres de toutes tes forces.

Et cela pendant que parles à un de tes amis situé de l'autre côté de la table, un verre dans l'autre main.

Plus tard même, entraînée par l'alcool et le niveau éméché de l'assistance, tu t'enhardiras à glisser ta main dans mon pantalon et à empoigner mon gland.

En échange, en te penchant légèrement vers moi, tu m'offriras une vision unique sur ton décolleté, tandis que ma main se glissera dans ton dos, dans ta jupe, dans le sillon humide de tes fesses, pour venir narguer le point de non-retour dans nos épanchements complices débridés.

J'aimais aussi ton email précédant.

J'adore, j'adore, j'adore quand tu me parles comme une canaille impudique.

Je vis en te lisant, je vois du plaisir se répandre sur mes murs et dans mon corps, du bonheur couler du plafond, tes fesses dansent devant mes yeux, ton sexe pénètre dans ma bouche, tes seins se substituent à mon clavier.

Dieu que c'est bon d'avoir ce genre de relation.

Moi tout fondu....

Lui - Pause méridienne

Chère Toi,

Allons-y pour vendredi.

Je suis très content de savoir que nous allons pouvoir vivre quelques heures d'un spleen rare et intense.

Pâmons-nous donc dans nos exubérances délictueuses et pornographiques.

Osons bouger et utiliser nos corps comme l'autre rêve de la faire dans ses fantasmes.

Partons en croisade contre l'ennui et la crise.

Bravons les élections, la neige, la grêle et les grèves.

Éclaboussons-nous de tous ce qui nous passe par la main ou jailli de nos corps,

Enfourrons nous tout ce qu'il est possible et imaginable pour le plaisir de nos sens.

Caressons-nous là où cela fait du bien.

Embrassons-nous comme on aime.

Le livreur de pizza.

Lui - Dans les méandres de l'esprit

Ma chose,

Ce soir, je vais t'emmener,

te prendre avec moi,

tout au long de ma soirée.

On m'attend demain soir,

dans de sombres caves voutées,

où se déroule le

Summer Erotic Festival.

J'ai deux places VIP,

pour une soirée très filtrée,

de la crème du porno

et des clubs libertins.

Tu seras comme convenu

habillée comme tu l'aimes.

Provocante, gainée, jarretée, gantée,

outrageusement décolletée.

Je serai en costume Armani rouge carmin.

Escarpins noirs à hauts talons, une de mes spécialités.

Tu porteras un veston cintré, taillé pour s'arrêter exactement au bas de ton sexe sur le devant,

et une jupe très courte, fendue sur toute la hauteur sur les deux côtés.

Le veston sera bien entendu

largement ouvert sur le devant

pour laisser le décolleté bien visible.

Nous irons au bar prendre nos coupes, puis flânerons entre les gens.

Je rencontrerai des connaissances.

Nous discuterons et pendant ce temps

ma main caressera tes seins.

Tu auras même choisi le bustier afin que tes seins puissent sortir par au-dessus

et c'est justement cela que je ferai au gré de nos conversations et de nos rencontres,

laissant parfois un de tes seins exposé, et ne m'en occupant plus, parfois le rentrant dans sa loge après en avoir abusé.

Si d'aventure nous rencontrons machin ou untel, je te demanderai de te tourner

et d'une geste preste, je soulèverai le pan arrière de ta jupe pour lui montrer ta lune.

Si nous rencontrons une amie, c'est par devant que je soulèverai ta jupe,

afin de lui montrer ton pubis rasé et ton sexe affamé.

Plus tard dans la soirée, lorsque les esprits seront éméchés,

nous tomberons ta jupe et le bustier, mais garderons le veston et les jarretelles.

Cela tu le feras dans les toilettes des femmes, devant le lavabo.

Tu attendras qu'une jeune fille soit au moins présente pour ainsi te déshabiller.

Tu prendras tout ton temps, déposeras ton veston sur le bord du lavabo.

Tu demanderas à la jeune fille si elle veut bien dégrafer ton bustier.

Tu le poseras à côté de ton veston.

Puis, en laissant la fille en attente d'autre demande, sans rien dire, tu retireras ta jupe.

Tu prendras la jupe et le bustier dans une main, le veston dans l'autre.

Je t'attendrai à la sortie et tu me donneras la jupe et le bustier, mettant le veston par-dessus ton épaule pour rejoindre la salle.

Ce n'est que là que tu passeras le veston, le laissant ouvert sur le devant..

Si je vois Olivier ou Arthur, je te présenterai et leur proposerai de passer un doigt dans ta chatte, pour sentir comme tu mouilles.

Si nous rencontrons Julie ou Adeline, je te demanderai

de t'agenouiller sur un fauteuil en nous montrant ta croupe,

et d'un gode emporté avec moi, nous t'enculerons tour à tour.

Tu ne pourras rien dire ni exprimer tes sensations, mais tu pourras mouiller autant qu'il te plaira.

Ensuite, je t'enverrai sur la scène, où parmi les autres danseurs, tu pourras t'exprimer et laisser voir ton corps à moitié nu à l'assistance.

Et moi, je rêverai de danser nu auprès de toi, et pourquoi pas, te mettre nue aussi.

À voir... c'est peut-être mieux que je reste habillé....

Voilà donc le programme de demain soir....

Ton doux rêveur, qui pense à se mettre à ta disposition nu sur un grand lit, où à batailler avec son sexe sur ta figure dans le canapé blanc.

Elle - Dans les méandres de l'esprit... de nos esprits

Mon Maître,

Puisque vous semblez si bien me connaître, vous devez savoir que nous n'en resterons pas là.

Lorsque nous déambulerons, vous vêtu de rouge et moi, si peu, de noir, tandis qu'au détour d'une allée nous rencontrerons Peter ou Claudia, je ne pourrai résister à l'envie de me jeter à vos lèvres, de caresser de ma langue votre bouche.

Ces simples baisers qui nous appartiennent vous feront immanquablement bander et collée contre vous j'apprécierai la dureté de votre sexe.

Je m'y frotterai, offrant ainsi le spectacle de notre désir aux passants.

Lentement, je glisserai vers vos jambes pour extraire votre vît emprisonné et le libérer de ses tourments pour aussitôt l'engloutir dans ma bouche.

Qu'il sera bon de vous sucer ainsi, de vous entendre soupirer, de sentir à vos mouvements votre plaisir grandissant, d'être le spectacle des curieux.

Mon désir de vous n'en sera qu'exacerbé et tandis que je vous caresserai délicatement le gland, dessinant de ma langue un itinéraire jusqu'à vos couilles, je chercherai du regard un endroit où nous mettre plus à l'aise afin de vous baiser sans retenue, de m'empaler sur votre bitte, de vous engloutir dans ma chatte.

Vous auriez compris mon dessein.

Mais je ne suis que votre chose et encore une fois vous considérerez mes initiatives trop avancées.

Je pourrai juste encore vous déshabiller totalement et vous abandonner ainsi bandant dans une méridienne rouge et or.

Le sexe en feu et en eau, je dois partir à la recherche de femmes qu'il me revient de vous offrir...

Vous me contraignez à vous observer tous les deux tandis que votre sexe s'enfonce dans le leur, alors que vous posez un doigt distrait sur mon clitoris glissant et mouillé de désir de vous.

Vous m'infligez ce spectacle longtemps, longtemps, et je dois attendre votre bon vouloir pour enfin jouir de vous. Vous êtes pourtant beau, ainsi chevauché par une blonde et puis une rousse et encore une noire, qui maigre compensation, viennent lécher mon sexe après que vous les ayez chassées du vôtre.

... enfin, mon tour est venu, votre queue thaumaturge vient s'engouffrer en moi et vous me suppliez de ne plus jamais laisser d'autres fentes s'emparer de vous, tant la mienne vous sied à merveille.

Lui - Pardi! que voilà une belle donzelle!

Noueuse Créature,

Je ne te voue à rien du tout et te comprends parfaitement.

Et ne crains rien, je suis encore très content de te voir seule.

Cet après-midi j'ai terminé la vision du film

__Notre univers impitoyable__

Idée originale, parfois difficile à suivre, mais étonnant d'actualité.

J'ai essayé de lire dans ton livre s'il parle de l'amour dans le couple et de son usure.

Mais il parle de cerveau reptilien, de système limbique, et d'autres concepts assez physio-sociologique.

Je le lirai à mon aise au Maroc ou dans les files d'attente aux aéroports fermés pour cause de cendres.

Me suffire?

Pardi, au-delà du soleil qui poudroie, je ne vois que tes

fesses qui dandinent et appellent de toutes leur force le passage de mon pénis.

Je ne pense plus qu'à ça, au plaisir de te l'enfoncer dans ton sexe et qu'on le regarde tous deux faire ses allers et venues, ou que je le darde dans ton cul, et que je sois seul à le voir s'enfoncer en toi comme un mouton pilonne le sol quand il enfonce des pieux de fondation.

Je revois la montée des eaux que nous avons vécue si délicieusement sous la douche, et l'imagine sur toute autre partie de mon corps.

Je rêve d'encore te présenter ostensiblement mon anus, te sentir t'en approcher et me plonger dans un océans tabouesque de libération de 50 ans de fruits défendus quand tu y poses tes lèvres.

De mes deux mains, je veux jouer de ton corps comme on joue de la trompette, poussant sur tel piston quand la réalité enfonce des doigts en nombre hasardeux dans les méandres sinueux de ta morphologie si accueillante.

Je m'imagine à table au restaurant 5 étoiles, me faisant servir par Elle sur un plateau, le cul levé, me présentant sa raie appétissante que je vais m'empresser de déguster en la léchant lentement comme on déguste un cornet de crème glacé.

Je me vois te promener te tirant par les seins, empoignés fermement, te faisant aller de gauche à droite comme une poupée.

Je me vois encore faire mille choses qui se cachent encore derrière le rideau de douche, sous le canapé blanc, sur le carrelage dur imitation bois, ou sur le lit victime de nos épanchements.

Mêle-moi à tes pensées, retourne-moi, masse-moi, utilise-moi, explore-moi, tout est là, tu n'as qu'à prendre.

La chrysalide de tes fantasmes.

Elle - Contes et légendes

Elle et Lui étaient sur la route...

La rencontre était prévue chez « eux ».

Il lui avait parlé de Rosa à plusieurs reprises.

Ils avaient décidé de se rendre chez elle.

Guêpière, bas, jarretelles.

Pas de slip, car elle adorait la sensation de l'air frais lui caressant le sexe et l'idée que son compagnon glisse, de façon impatiente, la main sous sa jupe.

C'est ce qu'il fit durant le trajet.

Il savait comment faire pour appeler son désir. Quelques caresses du bout des doigts sur son clitoris et la voie se traçait.

Ce moment fut d'autant plus enivrant qu'elle sentait son sexe à lui tendu et dur comme elle aimait.

Dans ces moments, elle ne résistait pas à l'envie de le caresser avec sa langue et ses lèvres.

Le motif de leur voyage accentuait son désir et finalement, elle aurait aimé qu'il arrête la voiture pour, avidement, s'asseoir sur lui et se laisser envahir par son membre puissant.

Arrivés chez leurs hôtes, il retira sa main mouillée.

L'endroit était charmant et les propriétaires accueillants.

Champagne et petits fours donnaient à cette rencontre un air de fête.

Pour elles, ces hôtes étaient de parfaits inconnus et tandis que la conversation survolait des sujets généraux, Rosa demanda à l'homme de lui présenter Elle.

Ce qui se passa la surprit : Il prit Elle par la main, l'invita à se lever, la fit tourner sur elle-même et mit la main sous sa jupe qu'il releva pour découvrir son sexe.

Un peu grisée et désinhibée, Elle se laissait faire.

La situation lui semblait même particulièrement excitante comme le prouvaient les doigts humides de l'homme.

Elle avait la sensation de n'être plus qu'un objet, exposée au regard d'étrangers.

Elle était aux mains de son amant, comme si celui-ci devait prouver que celle qui jusqu'à présent, était restée en retrait avait sa place en ces lieux.

La femme s'approcha, elle admirait le sexe rasé d'Elle et, à son tour, du bout des doigts, la caressa d'une main tandis qu'elle portait l'autre sous sa robe fendue.

La bite de l'homme devenait maintenant une nécessité.

Assoiffée de caresse, comme si elle espérait que ce moment voluptueux devienne éternel, elle décida de rester encore quelques instants de jouet de l'homme et Rosa.

Après ces délices, elle découvrit le sexe de l'homme en descendant délicatement la tirette du pantalon.

Elle le sentait dur, raide et ne savait plus si l'envie la plus forte était de le sucer ou de s'y empaler.

Elle aussi voulait montrer à Rosa la puissance de son amant.

Comme à chaque fois qu'elle se trouvait devant sa queue si droite, elle ne résista pas, elle passa délicatement le bout de sa langue sur son gland, elle l'enfourna et la pompa allègrement pour l'entendre gémir.

Rosa continuait de se caresser et sur un signe d'Elle, elle s'approcha de la belle queue.

Elle voulut s'en saisir, mais Elle lui intima de seulement regarder tandis qu'elle le déshabillait.

Rosa, elle, laissa glisser sa robe pour ne garder que quelques dentelles et des bas retenus par de fines jarretelles.

Elle se plaqua contre le dos de Elle, qui sentait sur ses

fesses le désir ruisselant de l'hôtesse.

Entièrement nu, il semblait paralysé, immobile et attentif aux moindres attouchements des deux femmes.

Chacune lui prit un bras et elles l'invitèrent à se coucher sur le tapis.

Les lueurs du feu de bois donnaient à la scène une atmosphère de chaleur et de douceur extrême.

Rosa et Elle parcouraient le corps de Jérôme de leurs lèvres, de leurs mains, de leurs seins, heurtant parfois, au détour d'un mouvement son sexe qui tressautait à ces contacts.

Et Elle, enfin, s'enfila sur sa queue en quelques va-et-vient très doux et très lents ce qui lui arracha un long gémissement.

Au plus fort de son désir, elle voulait partager ce plaisir indicible, elle se leva pour céder la place à Rosa : lui prêter son amant devenait un point culminant d'excitation, regarder sa queue s'introduire dans le sexe avide d'une autre, lui procurait un plaisir extrême, le ramenant au rang d'un gode sacré au service de celles qu'elle choisissait.

Rosa coulissait tout au long de sa bite, tandis qu'elle lui caressait les seins, les mordillait tout en malaxant les couilles de l'objet de plaisir qu'était devenu son amant.

Elle reprit sa place sur son amant. Elle faisait doucement

voyager son gland sur son clitoris retardant une pénétration qui allait faire exploser son plaisir et puis, doucement, lentement, au rythme du plaisir de l'autre, elle s'enfonça sur son sexe.

Il allait jouir, mais elle voulait encore se frotter contre lui.

Le ventre de l'homme était glissant du plaisir de ses deux maîtresses.

Elle sentait le plaisir monter, la vue du sexe de Rosa, le frottement de son clitoris contre les poils de son amant, le va-et-vient plus rapide fit qu'elle l'inonda comme jamais.

Faire mouiller son amie de cette façon devant d'autres, décupla l'excitation de l'homme et Elle sentait le plaisir monter encore et encore, son souffle se couper, et elle se laissa envahir par cette sensation merveilleuse à l'approche de l'orgasme.

Elle jouit et il se donna alors le droit de laisser exploser son plaisir dans un feulement sans fin.

...

Elle - Dans la médina

Cher Toi,

À l'heure où je t'écris, je t'imagine vêtu de blanc et de coton ou de lin léger sous le soleil déclinant, mais dans la chaleur du soir de printemps.

Un vent très léger vient se heurter à l'étoffe de tes vêtements qui te caressent ainsi la peau.

Ton sexe libéré ressent les cognées du tissu de ton pantalon clair.

Tu es beau dans le coucher de soleil et quelques touristes envient ton épouse qui est à tes côtés.

Il sera doux, après avoir savouré quelques spécialités accompagnées d'un gris de Meknes, par exemple, de se promener dans la vieille ville et d'y rencontrer ces personnages sortis des livres de contes des mille et une nuit.

Il sera doux de s'offrir quelques babioles qui deviendront la trace précieuse et tangible de ces instants.

À la nuit noire, il sera tout aussi doux de retrouver la chambre de l'hôtel et de s'engouffrer, impatients dans cette solitude qui nous va si bien.

Tu t'assoiras sur le lit et je ne résisterai pas à l'envie de venir t'embrasser, passer la main sous ta chemise pour toucher ta peau.

Te mettre à nu pour jouir de la douceur de tout ton corps.

Et puis encore t'embrasser, les lèvres et puis le sexe que j'engloutirai avidement, rien que pour entendre tes gémissements de plaisir.

Le sentir durcir au plus profond de ma gorge et puis revenir du bout de la langue sur le gland.

Retourner à ta bouche, t'absorber dans mon sexe et onduler sur ton ventre pour notre plaisir commun.

Et puis recommencer nos luttes et nos douceurs et s'arrêter sans regret, car la nuit entière abritera nos moments de sommeil et nos réveils de désirs.

Je m'endormirai épuisée pour un instant et puis au hasard d'une caresse, notre envie de l'autre s'éveillera encore et puis encore jusqu'au matin...

Elle - Ecraser son visage dans la fleur du lilas

Cher Soufi,

J'espère vous cueillir ainsi à votre retour de votre épopée marocaine.

Heureusement, outre mon message, le soleil est là pour célébrer votre retour dans des contrées plus propices à nos baisers et à nos caresses.

Vous avez hanté ma nuit et mon matin, j'ai rêvé (un de ces rêves irritants auquel on ne sait donner vie, au réveil, mais pourtant si doux dans la nuit) que vous me proposiez de passer une nuit dans vos bras, tout contre votre peau.

Et puis, je vous ai retrouvé au matin, je suis venue vous rejoindre dans un demi-sommeil, il était doux de vous voir, de vous sentir si proche.

Mais, racontez-moi.

Quelles ont donc été vos pensées dans les couleurs safranées de la ville ?

"On ne se donne pas assez", me dites-vous.

Que faut-il faire pour encore aller plus loin ?

Je ferme les yeux et je vous vois,

Elle - Rouge toujours

Cher Toi, (donc)
Comprends pas. Je te renvoie la photo (qui semble bien
accrochée) et puis m'en vais rejoindre mon lit nuage.
Les draps vont me caresser et ce sera déjà tes mains.
Je les sentirai sur mes bras, mes épaules, mes seins et
mes fesses.
Je tenterai de goûter tes lèvres et tes baisers.
Je me vêtirai de ton regard qui entourera mes courbes et
viendra, j'en suis certaine, s'immiscer dans mon sexe qui
n'attend plus que ta bouche, tes mains, ta queue
tendue.
Elle viendra y glisser lentement et puis le mouvement
s'accélérera pour nous rapprocher.
Et puis, nos bras et nos jambes s'entremêleront et nos
lèvres.
L'espace d'un instant, on sera un ou presque.
Moi épidermiquement en souffrance bientôt soulagée
de toi

Lui - Plongée dans les vapeurs éthériques de l'imaginaire ressuscité!

Chère Captive,

Ta main posée près de ta hanche rehausse le caractère provoquant du cadrage de ta photo, et m'offre sans pudeur le dessin de ton sexe.

Devrais-je dire dessein? Je le pense, car tout comme ton sexe raconte des histoires, il est sur Terre pour rendre les hommes heureux.

J'aime t'imaginer intimidée lors de la pose, quasi tremblante, apeurée de devoir ainsi poser ton pubis sur un support virtuel capable de voyager dans le monde et de servir d'exutoire à des centaines d'obsédés qui l'imprimeront sur papier glacé et le souilleront des taches blanchâtres de leur sperme chaudement répandu en longues traînées.

Ta queue, à toi, jouet de tes fantasmes, objet de tes désirs, hochet de tes mains expertes, reposoir de ta bouche chaude et accueillante, baratte de tes autres trous qui l'attendent, implorant sa présence.

Elle - Au pain sec et à l'eau

Mon sex toy,

Mais ma parole, tu me mets à un régime de sevrage épistolaire inhabituel !

Alors que tes caresses et tes baisers semblent venir d'une source infinie, voilà que la source de tes mots se tarit ces dernières heures.

Veille à ne pas devenir trop lointain.

Reste une poupée tendre et qui m'ensorcelle de jolis mots.

Je vais me transformer en Barbarella avec des exigences sans limites...

Notre soirée d'hier me poursuit depuis que nous nous sommes quittés.

Je ne parviens pas à laver mon corps de tes mains qui s'y sont posées, elles y sont encore et au cours de cette journée, quelles que soient mes occupations mon esprit et mon corps revivaient ces moments passés provoquant en moi de légers soubresauts de plaisir.

Je me suis surprise, en réunion à fermer les yeux quelques secondes pour me souvenir de ces instants, ce qui réchauffait mon corps.

Moi aussi, j'ai aussi envie de te caresser plus, plus loin, plus fort.

J'écoutais dans ma voiture cette chance que j'aime beaucoup de M. Sardou "Je vais t'aimer" et je me disais bien que nous faisons ce qu'il faut pour faire pâlir tous les marquis de Sade et rougir les putains...

Pourquoi es-tu capable de me faire reculer des barrières?

J'ai adoré engouffrer mon visage, ma bouche, ma langue entre tes fesses.

J'ai adoré te parler de ta queue.

J'ai adoré te tendre mes fesses pour que tu les fouettes.

J'ai adoré que tu m'accueilles dans la tenue que tu portais.

C'est d'autant plus voluptueux que cela participe à mon propre plaisir et que mon propre plaisir naît aussi de celui que je veux te donner.

Alors que tu es en train de virer au rouge, moi, je deviens bleue (de grâce ne me refrène pas dans mes élans de cœur, c'est ça qui me fait vivre...et surtout ne t'en effraie pas. Le cas échéant, laisse-moi tomber follement amoureuse de toi si l'envie m'en prends, laisse-moi te le dire, si je le désire, laisse-moi t'entourer de mots d'amour si j'en ressens l'envie, car notre relation telle qu'elle est me convient parfaitement).

Je m'en vais découvrir un restaurant pas loin de chez moi, ce soir , pendant que tu digères mes assauts candides.

Lui – Dopamine

Mon Entrefesse,

En fait aujourd'hui, en sus de mes vacations habituelles, échange d'un business plan écrit de mes mains conter un vol en avion de chasse, je me suis transi pour une amie que je croyais morte. Des prémisses de crise cardiaque se sont transformés fort heureusement en spasmes d'aorte.

Tout est rentré dans l'ordre, et cet après-midi, je me suis occupé du chien et du repas de ce soir.

Les hommes ne sont pas encore aussi prestes et rôdés que les femmes à préparer le repas.

Tu me parles de Sardou. Ça c'est une chanteur qui explose ses tripes!

Il a quelques chansons extraordinaires.

Un jour qu'on lui demandait pourquoi il tirait toujours la gueule sur ses pochettes de disque, il a répondu que c'était mathématique, que s'il souriait il vendait moins de disques.

Mais revenons à nos ébats. Comme tu expliques bien ce qui nous émeut, nous plaît et nous fait tourbillonner dans les plaisirs indicibles de nos tripatouillements érogènes.

Comme nous aimons propulses notre langue et notre langage aux confins de la décence, que dis-je, aux limites de l'obscène, ou plutôt, aux portes de la joie de savoir qu'on peut se dire ces choses, là, s'offrir nos âmes, ouvrir nos jambes et s'abandonner ainsi sans plus penser à rien.

....

....

.....

...

...

Dieu que c'est bon.......

Oh oui, prends ma queue et enfourne là dans ton cul, dans ton sexe ou dans ta bouche, suce-moi, aspire moi, asperge moi, inonde moi, presse, tire, tord mon sexe et mes couilles qui ne demandent que ça.

Approprie-toi ces objets pour qu'ils te servent là où ils te sont bons dans ton corps, ton cœur et ton âme.

Bois-les jusqu'à la lie.

Dis-moi tout ce que tu veux. Libère-toi. Asperge-moi de mots et de tes états d'âme.

Fais pénétrer mon sexe dans ton cerveau et malaxe-s-en tes fantasmes.

Fais-moi éjaculer dans ton âme.

Garde-moi des heures dans ta bouche.

Laisse-moi pénétrer ton cul de tout mon être.

Chevauche ma face de ton séant et masturbe-toi sur mon nez, ma bouche, mes yeux, mon menton.

Montre-moi ton corps nu, tes seins, tes hanches, ton

sexe, tes cuisses, tes yeux, tes mains, tes oreilles, offre-moi tout, ne cache rien, masturbe-toi sur mon regard, frotte ton clitoris sur mon esprit qui ne rêve que de te voir t'offrir à moi en hurlant, en t'écartant, en gémissant, en soupirant, en pissant sur moi de toutes tes forces, comme on baptise les élus.

Endors-toi avec ton sexe sur ma bouche, mon sexe dans la tienne. Dormons ainsi. Suçons nos corps dans l'insouciance, buvons-nous,....

Moi, qui adore ce qu'on se dit.

Lui - Abreuve-moi

Tu es adorable.

Tu es une orfèvre de la passion, des sens et du plaisir.

Tu as un sens inné de l'érotisme, de la sensualité...

Je succombe à ton aptitude à trouver les chansons qui touchent.

Pour cela, nous avons les mêmes goûts, c'est sûr.

Et très prosaïquement, je ne peux que te dire ceci: bouffe-moi le cul!

Ben oui, c'est ce qui me vient à l'esprit, et c'est d'ailleurs ce qui illustre ta chanson de Sardou.

Mais comme cela convient bien à notre relation....

Tu n'es qu'un sexe vivant, un sexe sur deux jambes, un

sexe 90B ou tout ce que tu veux, mais une chose dont je voudrais pouvoir me masturber le corps entier tout comme on prend une douche.

Moi, tout fondu de l'éveil de ton esprit aux choses de la vie.

Elle – Noyade

... c'est sans doute le terme qui correspond le mieux à mon désir du moment : me noyer dans toi.

Me faire absorber par toi.

M'y couler

Ecraser mon visage contre le tien, contre ta bite, contre ton cul et tenter de m'engouffrer ainsi dans ton corps pour en jouir.

À défaut de te pénétrer, me frotter contre toi, entourer ta queue de mon vagin, y coulisser et te pomper ainsi.

Au rythme de mes mouvements, sentir tes couilles battre contre mon cul.

Et puis me laisser glisser sur ton ventre et me sentir si nue lorsque mon clitoris vient toucher ta peau.

Y patiner encore sur l'humidité que j'y laisse et le désir de toi qui me fait couler et ruisseler.

Et puis encore te donner les plaisirs qui me font mal : tirer tes couilles, battre ton sexe et y introduire un doigt puisque c'est cela que tu aimes.

Être plus nue que nue, te laisser plonger ton regard indécent dans mon sexe ouvert et impudique.

Et sombrer avec toi dans le scabreux, le salace, le lascif, le lubrique et l'obscène...

Lui - Le plaisir de Plonger à deux

Chère érotique,

Je me répète, j'adore te lire ainsi.

Qu'il est bon de se savoir exister dans un monde où se trouve un être pensant comme nous.

Je croque à pleines dents dans tes mots et tes pensées.

Je les arrache de ton récit comme un fauve déchire une proie.

Je les savoure comme un arabe fume son narguilé, par petites succions répétées, emporté dans les nuages de sa drogue.

À très bientôt, thé, pas thé, huiles ou pas.

Lui - Max Mara

Lointaine,

Ca y est, je t'ai vue!

Tu étais à ta fenêtre, secouant ton édredon.

Tout d'abord je n'ai pas bien vu, mais quand tu as reposé l'édredon sur l'appui de fenêtre, j'ai ben vu que tu étais complètement nue.

Le soleil rentrait dans la pièce et rebondissait sur ta peau.

Tu t'es retournée et j'ai pu admirer ta chute de reins et tes fesses callipyges.

Tu t'es étendue sur le matelas et pendant quelques instants tu as laissé le soleil darder ton corps de ses rayons.

Ensuite, tu as commencé à te caresser les seins, tu es descendue sur tes hanches, tu as glissé une main vers ton bas-ventre, appréciant au passage la bosse de ton pubis rasé, et finissant ton mouvement sur ton sexe déjà mis en appétit.

Tu es resté là, longtemps, laissant folâtrer tes doigts entre tes lèvres, bougeant tes jambes pour éprouver diverses sensations.

Je pouvais voir avec la fonction zoom du site web les détails de ton sexe.

En quelques minutes celui-ci a gonflé d'excitation. Il devenait une œuvre d'art, une ode à l'amour, un appel aux caresses.

C'est à ce moment que l'image a changé pour me montrer le clocher du village!

Tiens il me semble qu'il retarde d'une minute. Il est 10h48 et il montre 10h47, mais c'est la phase montante de la grande aiguille, peut-être rattrape-t-elle cela dans la descente.

Rassure-moi, ta maison c'est bien une trois façades, murs ocres, volets plutôt verts, toit bordeaux, porte brune avec deux vitres dedans?

Des fois que ce serait ta voisine que j'aurais espionnée.

Mais bon, s'il y a des web cam, c'est bien que c'était voulu...

J'ai bien noté ta demande de ne plus raboter les emails par le bas, et m'appliquerai dorénavant.

Sinon, grâce à un ami pirate informatique, j'ai installé

sur ton PC au travail le module de Skype, avec une macro qui me permet de le démarrer moi-même. De mon côté, j'ai installé une web cam dans mon bureau, et je me permettrai sans te prévenir d'activer le canal vidéo sur ton écran, alors que je me montrerai nu à la caméra. Ainsi, quand ton patron viendra te voir, tu ne pourras que sourire à ce qu'il dira, car du coin de l'œil tu auras une belle vue sur mon sexe en érection.

Comme j'aime cela, et ne cherche pas toujours à jouir, je pourrai me caresser tout la matinée pour ton plaisir.

À un moment, il va te demander ce que tu fais à regarder ton écran du coin de l'œil, et tu lui répondras que tu surveilles l'avancement des travaux de réfections des façades des entrepôts.

Ton web cameur...

Lui – Offrande

Adorablement Soumise,

Voici une photo illustrant comment j'aimerais t'offrir aux yeux de mes amies.

Bien entendu, ce n'est pas dans ce sens-ci qu'elles te découvriront, mais à l'opposé.

Ensuite, je m'activerai avec tes deux trous pour leur montrer comment tu peux fondre de plaisir.

Tu seras à une juste hauteur afin que je puisse m'exécuter debout.

Je serai nu aussi, et mon sexe en érection s'agitera dans tous les sens devant ces dames pendant que je m'occuperai de toi.

Si une de ces dames venait à vouloir essayer, je ferais le tour et mettrais ma queue dans ta bouche.

Je pense que la hauteur sera compatible. je placerai mes, mais sur tes hanches, ou écarterai tes fesses pour faciliter le travail.

Ensuite, tu pourras servir les petits gâteaux.

Bien entendu, tu veilleras à ce que ton sexe reste dégoulinant et visuellement en état d'excitation pendant le service.

Par après, tu te pencheras sur la table, et je propose de t'enculer devant l'assistance.

Il faudrait qu'ensuite une de ces dames vienne te lécher la rondelle, avec encore l'odeur du café dans la bouche.

Je vais te dire, je suis extrêmement content de te connaître, et en grande partie pour ce que notre goût pour l'exhibitionnisme à en commun. Savoir que tu aimes t'exhiber, savoir que je peux m'exhiber à toi, me remplis de contentement.

Exhibe-moi, exhibons-nous, exhibe-toi, faisons-nous plaisir.

Ton complice.

Lui - Alimentation 220V

Chère Complice,

Il appert que vos dires récents ont branché nos pensées libidineuses sur de nouveaux fantasmes dont je ne peux m'empêcher de vous faire part.

Or donc, par une belle journée de juin, nous nous dirigeâmes vers l'Arboretum situé non loin de ma commune.

Cette magnifique forêt, conçue pour flatter le plaisir de nos sens, contient de nombreuses essences rares disséminées le long de belles allées et surtout de beaux vallons.

Malheureusement, rares sont les promeneurs qui s'y aventurent encore, car le plaisir de la promenade est fui par les citadins au profit de ceux de facebook et autres inanités.

Donc, cette carence vient nous avantager, et nous permet d'utiliser certains vallons pour des activités non prévues par l'architecte de jardin concepteur des lieux.

Nous pensions que les promeneurs sont en grande partie des promeneurs de chiens ou des amoureux de la nature, mais en aucun cas des fervents d'Opus Dei ou de quelques club puritain obscurantiste.

Imaginons-nous simulant une séance de pose, vous nue et moi habillé en photographe expérimenté.

Nous pourrions exposer votre corps aux yeux des écureuils ébahis, mais aussi à ceux de promeneurs, heureux ou malheureux, passant par le vallon ou à proximité.

Nous pourrions forcer la chose en nous rendant sur un chemin proche, repérant un banc ou un objet symbolique comme une souche ou un beau tronc d'arbre, près duquel vous pourriez vous exercer à prendre la pose, osée ou non selon l'intérêt et l'apparence des passants.

S'exposer sur un chemin force l'étranger à passer auprès de l'action, et ne saurait l'empêcher de glisser ses yeux *sur votre anatomie, et les parties érogènes exposées à sa vue, selon votre bon vouloir et l'inspiration du moment.*

Un propre manteau permettrait de se déplacer de place en place de manière discrète, et son preste enlèvement permettrait de vous exposer à l'envi à ceux ou celles dont l'approche vous exciterait.

Votre imaginateur dévoué

Lui - Histoire de chandelier

Mystérieuse, insondable,

Ton âme est aussi intrigante que les vallons de ton Arboretum.

On a envie de les explorer, mais on ne sait pas où ils mènent.

On sait juste qu'il n'y a aucun risque, mais que du plaisir derrière le tournant.

Tes propos sur notre longueur d'ondage me ravissent.

Que voilà un nouveau mot qui nous va si bien.

Ceci plus le carrelage de notre lieu de rencontre, que demander de plus? comme dirait George.

Reviens-nous entière, gonflée de vie, d'espoir, de santé et de libido.

Mon sexe a hâte de pouvoir à nouveau se blottir et se

reposer dans ta bouche si accueillante.

Mes mains ont hâte de pouvoir à nouveau rentrer en toi.

Mes yeux ont hâte de pouvoir à nouveau te voir nue.

Ma langue a hâte de pouvoir à nouveau lécher et violer ton cul.

Ma bouche a hâte de pouvoir à nouveau t'embrasser ton visage.

Mon anus si timide a hâte d'être à nouveau dorloté par ta personne si gentille.

Mon corps soupir à être de nouveau violer par tes fantasmes grandissants dont j'ai hâte de connaître les méandres.

Ton candélabre vivant.

Elle - Notre commerce enivrant

Cher Toi,

/.../

Sache en tous cas qu'il me tardera de te revoir, de te voir, de te toucher et ainsi, échapper, l'espace d'une liturgie érotique aux circonvolutions du monde.
Nous pouvons tout faire, mais il faudra nous ménager des instants pour s'embrasser, se caresser et se toucher.
Pour encore, à deux encore, explorer de nouveaux territoires, imaginer des folies royales et des débauches extravagantes.
Pour que je puisse m'introduire encore et encore en toi, par où tu voudras.
Pour que tu viennes en moi par où je te dirai.
Pour que tu me transformes en instrument de tes envies et que je joue de toi voluptueusement.
Je veux ton regard sur mon corps, dans mon corps, je te veux partout, dans ma bouche, dans mon con, dans mon cul.

Lui - Notre commerce enivrant

Chère Toi enivrante,

Tes propos licencieux me goûtent toujours autant.

J'adore.

On fera à ton goût pour demain.

Je n'oserais t'emmener dans un sauna libertin du bas de la ville, pas très propre ni très bien fréquenté.

Je te reproposerais alors cet hôtel près de l'avenue chic où nous serons plus au calme.

Ainsi, nous pourrons nous exhiber l'un à l'autre, nous lécher, nous pénétrer et nous outrer à loisir et sans gêne.

Avec mon sexe tu joueras et dans le tien je m'enfoncerai de toute mon âme.

Que mon phallus tendu te pénètre jusqu'à la lie et te laboure ta libido.

Que je m'asseye sur ta face et m'y balance à l'envi, m'y écrasant de tout mon séant, m'y reposant avec mes rêves, et m'y frottant avec mes fantasmes.

Moi suave

Elle - Fève de cacao

Mon homme en chocolat,

Tu es un homme délicieux bien au-delà de ton caractère chocolaté.
Tu es un vrai régal des sens que je ne croquerai jamais afin de te laisser bien entier.
Tu es un délice de douceur et de violence.
Tu es un nectar blanc.
Tu es... encore bien des choses ... mais je vais saluer le prof de math...
Moi²²²³³³³³

Lui - Suavité libidineuse

Chère dévoreuse,

Vos gestes et vos paroles m'ensorcellent.

Votre avidité à me sucer, me lécher, m'aspirer, me boire, me comble de bonheur et de béatitude profonde et jubilatoire.

Votre plaisir non dissimulé fait de nous des rois, des rois d'un moment certes, mais placés au firmament de notre bonheur d'être ensemble à jouer avec nos corps.

J'aurais voulu que vous tiriez encore plus sur mon phallus, que vous l'emportiez avec vous pour le manipuler toute la nuit, le chambouliez dans tous les sens en mon absence, et que moi à l'autre bout j'en jouisse à distance, de sentir vos mains dessus, votre liquide l'inonder, votre bouche le gober.

Aujourd'hui, vous m'avez étonné, ou disons plutôt chocolaté.

Quelle idée originale, si seyante à nos vices vertueux!

Oh, oui, encore, pompez-moi le dard, et frottez-vous le

con sur ma figure, écrasez là de tous vos fantasmes, ruez sur moi, que ma langue vous fouille et vous explore, que vos fesses m'écrasent les orbites, que mon nez rentre dans votre cul, que je sois votre tabouret, votre gode vivant!

Je rêve aussi que sur ce même tabouret vos liquides divers puissent se répandre pour votre plus grande satisfaction. J'aime à penser que mes cheveux soient pas vous aspergés, J'aime voir votre liquide jaillir dans les airs et venir en petits jets adorables s'écraser sur mes joues.

Merci pour ce moment hors du temps, et merci pour ce slip blanc qui vous allait si bien; Nous avons été enchantés de vous voir le porter.

Argghhh, que n'avons-nous pas été dans la rue dans toute notre nudité resplendissante, moi vous raccompagnant à votre auto, le sexe au vent, et vous nue comme l'innocence, vos tétons effrontés provoquant la vue des passants, votre sexe narquois reflétant les rayons du soleil, vos fesses rebondies disant adieu aux frustrés.

Et ce pour vous asseoir encore nue dans votre carrosse

et reprendre la route pour votre demeure lointaine.

Mama mia, qu'est-ce qu'on s'amuse!

À bientôt,

Moi, complètement nu pour toi.

Elle - Gourmandise innocente et angélique

Cher amant très pâtissier,

Permettez-moi une phrase volée à Muriel Barbery :

"Déguster est un acte de plaisir, écrire ce plaisir est un fait artistique, mais la seule vraie œuvre d'art, en définitive, c'est le festin de l'autre".

Ainsi vous me donnez à chacune de nos rencontres le tableau du plaisir dans toute sa force et sa nudité et j'aime cela.

Vous entendre le dire, le soupirer et puis accéder à vos demandes les plus indécentes comme vous écraser le visage de mon sexe, vous sentir entrer en moi de cette façon.

J'aime m'emparer de votre bite, avec ou sans chocolat, et y faire monter votre jouissance et puis la boire en entier et la conserver ainsi pendant quelques heures ou peut-être toujours, dans mon corps.

Il me plaît aussi de forcer vos réserves et enfoncer mon doigt dans cet huis que vous ne m'avez pas encore vraiment cédé.

Cela recule le moment où je pourrais vous faire bénéficier de petits objets acquis rien que pour vous et votre bonheur... mais prenons le temps, déambulons lascivement, la vie est devant nous.

En attendant, c'est ma langue qui vient vous transpercer et j'aime vous entendre dire : "c'est gai".

J'aime vous voir jouir de mes liquides divers, vous en asperger, vous en inonder et faire de vous mon fontainier favori.

Il me tarde également de vous sentir ruisseler sur mon corps.

Le ferez-vous ?

Il y a votre plaisir et puis il y a tous ceux que vous me donnez et qui pourraient faire de moi votre esclave, votre soumise.

Comment pourrais-je désormais m'en passer ?

Comment revenir de ces terres lointaines, inexplorées ?

Comment me passer de votre queue qui remplit si bien mon ventre ?

De vos doigts qui me fouillent avec tant de passion et de ferveur ?

De vos lèvres ?

Vous m'avez faite vôtre.

Nous ne pourrons plus délier.

Ne fut-ce que pour ces sourires qui viennent marquer mon visage lorsque je vous quitte, réchauffée, gorgée des délices que nous avons vécu... pour quelques heures, pour quelques jours...

Quels délires sensuels nous nous offrons !

Moi, emplie encore de cet orgasme postméridien

Elle – Transsubstantiation

Cher amour astéroïdal,

Il est sept heures, il est donc temps de déclarer son désir et ses vertiges.
J'aimerais que tu sois là.
Cette rencontre serait comme une station (voir les stations de Jésus) dans notre chemin vers encore d'autres plaisirs colorés qui violent la décence et se moquent de la pudeur, ou peut-être la prennent tellement en compte que le plaisir en est multiplié.
Tu serais là et durant cette rencontre limitée dans le temps, je n'aurai de regard que pour ton sexe.
Je ne regarderai pas tes yeux, ton visage, je serai concentrée sur ton sexe et n'aurai d'yeux que pour lui tandis que tu te promèneras devant moi, nu ou peut-être vêtu comme l'autre jour.
Je ne toucherai pas ton corps, mes mains se préoccuperont exclusivement de ta queue, ma langue la caresseru, ma bouche l'enfournera, mon sexe l'absorbera.
L'espace de quelques instants, tu ne seras qu'une bite bandante.
Tu n'auras pas de corps, pas d'esprit.
Tu ne seras qu'une pompe à foutre que je boirai avec délectation...
Moi qui ai de vilaines pensées à presque l'heure de la messe

Lui - Exhibée tel un objet....

Chère jouisseuse,

Les vêpres s'approchent et bientôt nous serons demain.

Mais auparavant laissez-moi vous signifier l'intensité excitatoire de ces jours, de ces semaines, de ces mois passés, construite sur une fondation robuste, faite de fantasmes, de libido, de rêves, d'histoires, de rencontres, le tout colmaté, agrégé par de multiples liquides servant de liant à cet écheveau qui ma parole, me semble d'une solidité grandissante de jour en jour.

Votre faconde post orgasmique n'a d'égale que la qualité érotique de vos divagations.

Mon ego s'en ressort à vrai dire fortement glorifié, esbaudi, enjoué, pâmé à tomber dans les gerbes de blés rassemblés par les fermiers dans les champs bien entretenus par leur vertu.

J'aime trop vous lire à chaque nouvelle missive, comprendre combien vous aimez nos ébats, nos jeux, nos expériences et notre nudité.

Vous savoir si attirée par mes fantasmes me fait un plaisir fou, et rien que pour cela je vous offrirais mon pénis en offrande, qu'il soit vôtre en récompense du cadeau que vous me faites vous, de votre corps et de votre abandon.

Je vous vois promenée auprès d'inconnus

Je nous vois nus démontrant vos capacités à nos amis

Je vous vois distinguée dans votre nudité vaporeuse m'accompagner à des soirées mondaines

Oh oui, Chère, qu'il est bon de savoir que quelqu'un dans le monde partage nos fantasmes à ce point.

Merci, de tout mon sexe, prend le et agite le dans ton

corps, qu'il batte et heurte tout ce qui te procure des sensations, qu'il soit énorme devant tes yeux et dans tes mains, qu'il glisse entre tes doigts, qu'il roule sous ta langue, qu'il hante tes rêves nocturnes.

Ton Gland.

Ceci était leur dernier échange sulfureux.

Les amants ne se sont plus jamais revus.

La vie a ses raisons que la passion ne saurait comprendre.

Dialogues Sulfureux